LES AVENTURES DU JEUNE INDIANA JONES

LA MARCHE MAUDITE

Adapté par Les Martin
à partir d'un épisode de la série
télévisée intitulé
« German East Africa,
December 1916 »
Téléfilm de Frank Darabont
Histoire de George Lucas
Sous la direction de Simon Wincer

Avec les photographies du film

**EDITIONS
FLEURUS**

ÉDITIONS FLEURUS, 11, rue Duguay-Trouin 75006 PARIS

Ceci est une œuvre de fiction. Bien que le jeune Indiana Jones soit présenté comme prenant part à des événements historiques et soit placé dans des situations en relation avec des personnages ayant existé, les scènes sont purement imaginaires. Par ailleurs, pour l'intérêt dramatique du récit, des modifications chronologiques et historiques ont été apportées par l'auteur dans les scènes relatant des faits connus et évoquant des personnages ayant existé.

Titre original « Trek of Doom », publié par Random House.
Traduit de l'américain par SOGEDICOM.
TM & © 1993 LUCASFILM LTD (LFL) ALL RIGHTS RESERVED.
FLEURUS AUTHORIZED USER.
1993 © Editions Fleurus, Paris
Dépôt légal : février 1993
ISBN : 2.215.03043.7
Imprimé en France

LA MARCHE MAUDITE

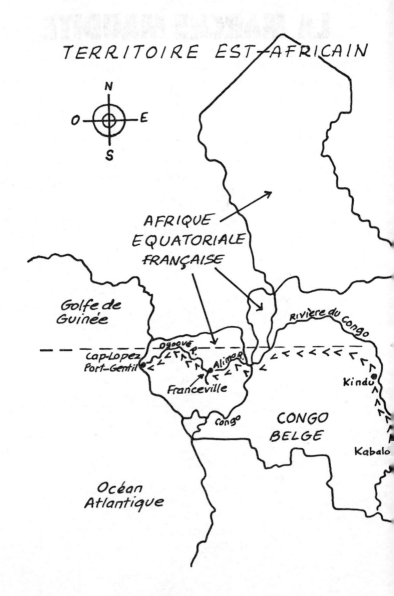

ALLEMAND—DECEMBRE 1916

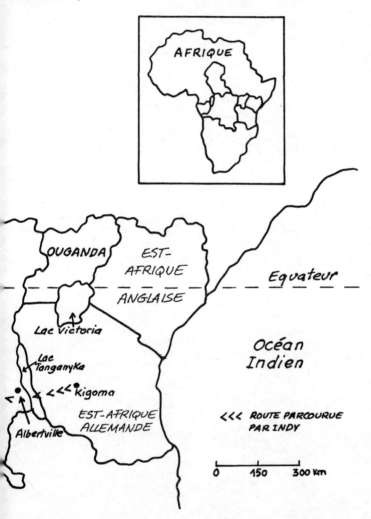

AFRIQUE

OUGANDA

EST-AFRIQUE ANGLAISE

Equateur

Lac Victoria

Lac Tanganyka

Kigoma

Océan Indien

EST-AFRIQUE ALLEMANDE

Albertville

<<< ROUTE PARCOURUE PAR INDY

0   150   300 km

CHAPITRE 1

Le major Karl von Regen, de l'armée impériale allemande, était un homme amer. Au lieu de combattre pour son pays sur les champs de bataille de la Grande Guerre en Europe, il avait été envoyé en Afrique pour y défendre les colonies allemandes. C'était comme si on l'avait envoyé sur la Lune. Personne, au pays, ne se souciait de ce qui se passait ici. Personne ne reconnaîtrait son génie ou sa bravoure. Il n'obtiendrait ni médaille ni avancement. C'était un homme oublié qui combattait dans une guerre oubliée. Mais le major était un soldat de métier et un bon patriote. Il accomplirait son devoir du mieux qu'il pourrait. Malgré le fait qu'il n'avait à commander que des troupes indigènes Batusi, qu'il méprisait. Malgré le manque de nourriture, de médicaments et de ravitaillement, malgré la chaleur et les maladies qui étaient aussi mortelles que l'ennemi.

Tandis qu'il observait aux jumelles les forces qui lui faisaient face, il eut la satisfaction de constater que les Belges en étaient au même point. Les troupes belges étaient indigènes. Il pouvait voir que c'étaient des hommes de la tribu des Askaris, car certains d'entre eux étaient coiffés de crinières de lion et, tout comme dans l'armée allemande, seuls les officiers étaient blancs. Il fixa l'un d'entre eux de ses jumelles. Cela lui inspira un sourire sardonique. Le lieutenant belge qu'il observait était à peine sorti de l'adolescence. Les Belges raclaient le fond des tiroirs. Le major observa, avec une satisfaction macabre, le jeune Belge déployer son escadron. Autour de lui, d'autres officiers belges faisaient de même. Il était clair qu'ils se préparaient à l'attaque.

— Bien, laissons-les venir, pensa le major.

Il leur réservait une surprise. Une surprise mortelle. Le plus dur de cette journée sera d'enterrer les ennemis morts dans la terre d'Afrique après la fusillade.

Sur le front, en face, le jeune lieutenant belge jeta un coup d'œil aux fortifications allemandes. Il s'assura que les Askaris sous son commandement étaient prêts à se lancer à l'assaut au coup de sifflet. Puis il se tourna vers Rémy Baudoin, son ami, lieutenant comme lui.

— Au moins, ce n'est pas pire que Verdun, lança Indy Jones.

— Rien ne peut être pire que Verdun, répondit Rémy tout en essuyant la sueur qui perlait à son front et en chassant une mouche qui s'était posée sur son nez.

Tous deux restèrent silencieux en repensant à l'enfer qu'ils avaient quitté en Europe.

Ils avaient d'abord combattu dans l'armée belge dans les Flandres. Puis ils avaient été affectés dans l'armée française pour se battre à Verdun. C'était très loin de ce qu'ils avaient imaginé lorsqu'ils s'étaient engagés pour aller à la guerre. Rémy avait rêvé de défendre héroïquement sa Belgique natale contre l'invasion allemande. Indy espérait une belle aventure. Ils n'avaient rencontré qu'une boucherie sans gloire, un massacre sans répit.

Il n'y avait qu'une manière d'y échapper. Ils s'étaient portés volontaires dans le corps expéditionnaire belge qui devait chasser les Allemands d'Afrique. Indy hocha la tête à ces souvenirs. Au début, cela lui semblait trop beau pour être vrai. Non seulement ils quittaient cette guerre cauchemardesque en Europe, mais, en plus, ils étaient promus officiers. Indy s'était longuement interrogé à ce sujet. Comment est-ce qu'un jeune soldat comme lui pouvait devenir lieutenant? En Europe, il ne pouvait guère espérer mieux que devenir caporal.

Il en parla à Rémy. Rémy, qui avait été marin et avait parcouru le monde, connaissait la réponse.

— C'est comme ça que les choses se passent en Afrique, dit-il à Indy. Presque toutes nos troupes au Congo belge sont des Noirs, mais ce sont les Blancs qui commandent, c'est nous qui donnons les ordres.

Même après un mois ici, Indy trouvait cela bizarre. Il avait du mal à s'habituer à voir des hommes plus grands, plus forts, plus âgés que lui, le saluer et obéir à ses ordres. Cela ne lui semblait pas juste. Mais, de toute évidence, cela marchait comme ça. Depuis son arrivée en Afrique, Indy constatait que les Blancs menaient les affaires à leur gré. C'est ce que faisaient les Belges. D'après ce qu'il avait vu des combats jusqu'à présent, les Allemands le faisaient aussi. Et il devinait que les Anglais et les

Français faisaient la même chose dans leurs colonies.

Regardant les fortifications ennemies en attendant le signal de l'assaut, Indy dit à Rémy :

— Qui aurait pensé que nous conduirions des hommes à la bataille ?

— Oui, c'est étrange, approuva Rémy. Je me souviens que, lorsque j'étais fantassin en Europe, je me demandais ce que ressentaient les officiers qui me donnaient l'ordre de risquer ma vie au front. Maintenant, je sais, ce n'est pas une sensation agréable.

— Au moins, c'est mieux ici que là-bas, répondit Indy. Il y a moins de puissance de feu. On n'est pas obligés de charger contre un mur de balles comme à Verdun. Les fusils allemands pourraient cueillir quelques-uns des nôtres, mais si les hommes avancent vite, zigzaguent rapidement et restent baissés, la plupart passeront.

— Oui, on a une chance de survie. C'est tout ce qu'un soldat est en droit d'espérer, dit Rémy. Il regarda sa montre. Indy fit de même. Il était presque l'heure H. Les deux hommes se séparèrent et prirent position à la tête de leur escadron d'Askaris.

Indy observa ses hommes : leurs visages noirs

ne reflétaient aucune peur. Indy savait qu'il pouvait compter sur eux. C'étaient des guerriers qui avaient souvent fait leurs preuves au combat. Il regarda à gauche. Il vit Rémy défaire l'étui de son pistolet, prêt à conduire ses hommes à la charge.

Il regarda sur son autre flanc. Là, le major Boucher, un soldat de métier aguerri, avait déjà sorti son arme. Il avait un sifflet à la bouche. Ses yeux étaient rivés à sa montre. Derrière lui, les guerriers Askaris, le fusil à la main, portaient leur costume traditionnel, coiffés d'une crinière de lion.

— Une combinaison à la fois étrange et féroce, pensa Indy, en dégainant son automatique Webley.

Il commandait la première vague de l'assaut. Il ordonna à ses hommes de mettre en joue les fortifications en bois adverses. Il leva le bras. Puis, à l'heure juste, le coup de sifflet retentit. Indy abaissa le bras. Les Askaris lâchèrent une salve. Les balles firent éclater le bois des barricades. On entendit les cris de douleur de l'ennemi.

— A l'attaque ! cria Indy en s'élançant sur le terrain découvert.

Derrière lui, les Askaris bondirent en rugissant,

dévorant la distance, seule une poignée d'entre eux étant touchés par les tirs dispersés de l'adversaire.

De l'autre côté des fortifications, le major von Regen vit la panique se répandre parmi ses troupes. Il fit une moue dédaigneuse. Puis il aboya un ordre en allemand au lieutenant Schwindler, qui était accroupi derrière un muret en sacs de sable.

Schwindler sourit, ôta la bâche qui cachait l'atout que les Allemands tenaient en réserve : un fusil-mitrailleur lourd Maxim.

Schwindler s'agenouilla derrière et ouvrit le feu.

Un sourire éclaira le visage de von Regen tandis qu'il regardait le résultat.

Les Askaris étaient fauchés par les balles. La charge était stoppée net, tous se jetaient à terre.

Indy s'aplatit au sol. Les balles de mitrailleuse faisaient voler la poussière à dix centimètres de son visage.

— Une mitrailleuse ! Seigneur, aidez-nous ! grogna Rémy tout près.

Puis il entendit la voix autoritaire du major Boucher crier :

— Repliez-vous ! Repliez-vous !

Indy tourna la tête. A travers la fumée des

coups de feu, il vit Boucher et ses hommes qui battaient en retraite.

Boucher l'aperçut et lui cria de nouveau :

— Lieutenant! Repliez-vous, je vous dis!

Indy l'entendit. Mais il entendit également autre chose. Il entendit que le fusil-mitrailleur s'était tu.

— Il a dû s'enrayer.

Cela chassa tout le reste de son esprit.

Il savait que c'était là leur unique chance, et qu'il fallait la saisir vite.

Il se redressa d'un bond et cria à ses hommes en swahili :

— Debout! En avant! Chargez!

C'est à ce moment que le lieutenant Schwindler, suant et jurant, parvint à remettre sa mitrailleuse en marche.

Indy entendit ses crépitements furieux.

Puis il sentit comme un formidable coup de poing en pleine poitrine.

Une balle l'avait touché juste au-dessus du cœur.

Tandis que son cerveau s'embrumait et qu'il tombait à terre, sa dernière pensée avait été :

— Est-ce l'impression que l'on a lorsque l'on va mourir?

CHAPITRE 2

Indy reprit ses esprits. Il sentait une douleur sourde à la poitrine, mais son cœur battait encore, il respirait. Il était toujours en vie !

Il était étonné. Cet étonnement se reflétait aussi sur le visage noir qui se penchait sur lui. Le visage du sergent Barthélemy, qui s'était précipité à l'aide de son lieutenant qui gisait face contre terre.

Barthélemy roula Indy sur le dos. Ses yeux s'écarquillèrent quand Indy ouvrit les paupières et rencontra son regard.

Barthélemy sauta en arrière. Autour de lui, les autres Askaris s'arrêtèrent net quand ils entendirent Indy crier :

15

— Battez-vous !

Indy ramassa son pistolet et se redressa d'un bond. Sa chemise était déchirée et tachée de sang à l'endroit où il avait été touché. Mais sa voix était forte et assurée.

— Allez ! Je vous dis de vous battre ! Battez-vous !

Les Askaris connaissaient la magie et son pouvoir. Chez eux, on l'appelait « ju-ju » et ils pouvaient voir que le ju-ju d'Indy était très puissant.

A partir de maintenant, ils suivraient Indy jusque dans la gueule de l'enfer. Ils formèrent une vague qui se rua à la suite d'Indy sur les barricades.

Entre-temps, le fusil-mitrailleur s'était enrayé de nouveau. Suant et jurant, le lieutenant Schwindler se débattait pour le réparer.

Au même moment, Rémy avait rassemblé ses Askaris et avançait pour appuyer l'attaque d'Indy.

Sur l'autre flanc, le major Boucher devenait pourpre et hurlait :

— Maudit lieutenant ! Je vous ai dit de vous replier !

Mais déjà ses Askaris s'étaient joints à l'assaut.

Boucher n'avait plus le choix. Il dut charger lui aussi.

Indy fut le premier à atteindre les barricades avec Barthélemy à sa suite. Derrière eux, les Askaris chargeaient, les baïonnettes étincelant au soleil.

Les Batusis cédaient malgré les injonctions du major von Regen à tenir bon. Ce dernier déchargea son Mauser sur les Askaris, en en tuant un à chaque balle : c'était un tireur d'élite. Il repéra la cible qu'il attendait, rechargea rapidement son arme et visa le jeune lieutenant qui commandait l'assaut.

Indy vit trop tard l'officier allemand. Il se crispa en attendant la balle. Seul un autre miracle pouvait le sauver.

Le coup retentit à ses oreilles. Il vit l'Allemand s'écrouler à terre.

Indy tourna son regard de côté et Barthélemy lui apparut, son fusil encore fumant à la main.

— Merci, je te dois... commença à dire Indy. Mais ses remerciements furent interrompus par le crépitement assourdissant de la mitrailleuse allemande. Autour de lui, les Askaris tombaient comme la pluie.

Indy n'avait pas le temps de réfléchir à ce qu'il

fallait faire. Il y avait tout juste le temps de s'exécuter.

Il jeta son pistolet et saisit un fusil à terre.

Plié en deux, avec la rapidité d'un demi de mêlée, il s'approcha du nid de mitrailleuses entouré de sacs de sable par le revers. Sans s'arrêter, il sauta par-dessus les sacs de sable et tira sur le Batusi qui bondissait sur lui, un couteau à la main. Soudain, il ne vit plus le Batusi, qui avait été projeté derrière le muret. Il n'y avait plus que Schwindler, qui tentait frénétiquement de pointer la mitrailleuse sur Indy. Avançant toujours, Indy saisit d'une main le canon brûlant de la mitrailleuse et la balaya de côté. L'adrénaline lui montait à la tête. Il sentait à peine la douleur. Il ne pensait plus à ce qu'il faisait, et il sentit l'impact de la baïonnette frapper violemment la chair de Schwindler. Toujours instinctivement, Indy repoussa le corps sans vie du lieutenant, s'installa derrière la mitrailleuse et ouvrit le feu sur les forces allemandes.

Il ne fallut que quelques rafales pour faire battre en retraite les officiers allemands et leurs troupes de Batusis.

Indy s'affala d'épuisement, le corps tremblant, sur la mitrailleuse Maxim.

Maintenant, il ressentait la douleur de ses mains brûlées, et il avait la nausée à l'idée de la tuerie qui venait d'avoir lieu.

— Alors, c'est cela le goût de la victoire, pensa-t-il.

Il préférait la vanille.

Même les chants de victoire des Askaris ne parvenaient pas à dissiper le goût d'amertume que la tuerie lui laissait dans la bouche.

En écoutant les chants de victoire, Indy se demandait pourquoi il n'était pas parmi les morts qui jonchaient le sol autour de lui.

Il sentait la douleur sur sa poitrine là où il avait été touché par une balle, mais son cœur battait toujours. Il regarda le trou que la balle avait fait dans sa chemise puis dégraffa son col et vit où était passé le projectile : il s'était écrasé contre le médaillon en argent qu'il portait à une chaîne autour du cou. Un médaillon qui abritait une photo qui lui était chère. Le portrait d'une princesse autrichienne qu'il avait rencontrée il y a longtemps à Vienne, qu'il n'avait pas oubliée et que, moins que jamais, il n'oublierait.

Il ouvrit avec délicatesse le médaillon et vit avec soulagement que le portrait était intact.

— Merci, princesse Sophie, murmura-t-il avec émotion.

Puis soudain il se raidit.

Il entendit une voix derrière lui. Une voix qui hurlait avec fureur et qui couvrait le chant des Askaris.

— Lieutenant! J'aurai votre peau pour ça!

Indy se retourna pour faire face à son officier supérieur, le major Boucher, et il eut de nouveau la nausée.

Une bataille venait à peine de s'achever qu'une autre commençait.

Indy essuya toute la puissance de feu du major une fois rentré au poste de commandement, plus tard dans l'après-midi.

Il fut convoqué à la tente du colonel Mathieu, le commandant en chef. Rémy fut également convoqué en qualité de témoin.

Il n'y avait pas de pitié dans la voix du major Boucher alors qu'il pressait Indy de questions.

— Vous avez bien entendu mon ordre de se replier, lieutenant?

— Oui, major, admit Indy en se tenant immobile au garde-à-vous.

— Et cependant vous avez choisi de désobéir, continua Boucher.

— La mitrailleuse allemande s'était enrayée. J'y ai vu une opportunité pour avancer, expliqua Indy.

Boucher n'était prêt à aucune concession.

— En contradiction avec les ordres d'un officier supérieur. C'est bien cela ?

Il rapprocha son visage de celui d'Indy.

— Que dites-vous, lieutenant ? Je ne vous ai pas entendu ! Répondez !

— Oui, major, en contradiction avec les ordres d'un officier supérieur ! répondit Indy.

— Si cette mitrailleuse était repartie avant que vous n'atteigniez les fortifications, toute la compagnie était massacrée, insista Boucher.

Indy ouvrit la bouche, mais ne sut pas quoi dire.

Le colonel Mathieu s'éclaircit la gorge pour briser le silence.

Tous les yeux se tournèrent vers lui.

— Major Boucher, il est de votre droit de demander des sanctions si vous le souhaitez, dit le colonel. Mais soyez informé que j'ai reçu un message du général Tombeur. L'assaut d'aujourd'hui a enfoncé les défenses allemandes dans le secteur et le général en est fort satisfait. Il a accordé une citation à la compagnie, et un avancement à notre jeune lieutenant.

Boucher se raidit comme s'il avait reçu une douche froide.

— Je vois, dit-il brièvement.

— Il serait dommage de ternir notre victoire par

des controverses, ne pensez-vous pas? poursuivit le colonel en parlant avec douceur et en fixant Boucher du regard.

Boucher hocha la tête gauchement, comme un pantin dont on tire les ficelles.

— Oui, je suppose que oui, dit-il.

Le colonel sourit.

— Parfait! Venons-en aux choses plus plaisantes.

Il s'approcha d'Indy et accrocha sur son col l'insigne de capitaine.

— Par ordre du général Tombeur et avec ses remerciements, félicitations! Capitaine!

— Merci, mon colonel! dit Indy en saluant, le torse bombé de fierté.

Puis le colonel en revint aux affaires. Les affaires de la guerre.

Il se dirigea vers la mitrailleuse Maxim capturée à l'ennemi et la caressa avec affection.

— Voici le véritable trophée, dit-il. Elle vaut son pesant d'or. Il y a des mois, on nous a promis une cargaison d'armes semblables en provenance d'Europe, mais elles ne nous sont jamais parvenues jusqu'à présent.

Tous les hommes ouvraient grandes leur oreilles car il s'agissait de nouvelles importantes. Dans la guerre pour l'Afrique, quelques armes lourdes seulement pouvaient changer l'issue d'une bataille. Et trop souvent, c'étaient les Allemands qui les possédaient.

Le colonel se dirigea vers une carte de l'Afrique accrochée au mur de la tente. Tout le monde se rassembla autour de lui. Il tapota du doigt le cœur du continent.

— Nous sommes ici.

Son doigt traça une route qui partait d'Europe et contournait le sud de l'Afrique par le cap de Bonne-Espérance et remontait jusqu'à un port sur la côte est.

— La cargaison était censée débarquer ici, à Chinde. De là, la route est excellente jusqu'à nos positions. Mais le navire s'est échoué sur la côte ouest, au cap Lopez. Nos armes sont en train de ramasser la poussière dans la garnison française de Port-Gentil. Deux douzaines de mitrailleuses Vickers, quatre mortiers et deux pièces d'artillerie légères anglaises.

Rémy émit un petit sifflement.

— Imagine ce que l'on pourrait faire avec tout ça, dit Indy, impressionné lui aussi.

— Surtout quand nous essaierons de prendre le fort allemand à Tabora, dit Rémy. Cela ne me dit rien d'affronter leurs 77 avec seulement nos fusils et notre bonne mine.

Le colonel rayonnait.

— Je suis ravi que vous preniez les choses comme ça. Parce que je vous envoie, vous et notre capitaine nouvellement promu, dans une expédition pour récupérer ces armes.

Rémy resta bouche bée.

— Une expédition à travers le Congo?

Le colonel approuva.

— Oui, cela devrait être simple. Vous partez demain.

Rémy ne dit rien; il n'y avait rien à dire. Le colonel avait donné un ordre.

La seule chose que Rémy pouvait faire, c'était d'échanger un regard avec Indy. Indy pouvait lire dans les yeux de Rémy ce qu'il pensait de cette mission. Il ne faisait aucun doute que c'était simple. C'était tout simplement du suicide.

CHAPITRE 3

Indy se sentit mal à l'aise quand il vit le colonel Mathieu déplacer son doigt sur la carte de l'Afrique.

Il se souvenait des officiers français à la bataille de Verdun. Il se souvenait de la manière dont ils déplaçaient leurs doigts sur les cartes des champs de bataille.

Il était si facile pour un général de déplacer son doigt de quelques centimètres sur une carte. Mais à Verdun, chaque centimètre coûtait des milliers de vies humaines.

Le doigt du colonel Mathieu se déplaçait avec aisance, traversant l'Afrique d'est en ouest. Il leur indiquait l'itinéraire de leur expédition.

Leur point de départ était ici, tout contre les colonies allemandes de l'Est africain. Leur route traversait le Congo belge de part en part. Elle pénétrait ensuite en Afrique-Equatoriale française à l'ouest de la colonie belge et, finalement, aboutissait à Port-Gentil, sur la côte ouest de l'Afrique.

— Le voyage ne devrait pas soulever de difficultés, dit le colonel avec confiance. C'est une marche facile sur les plateaux. Puis vous traverserez le lac Tanganyika en bateau. De là, vous prendrez le train jusqu'au fleuve Congo, où vous pourrez joindre Bonga sur un vapeur. Vous poursuivrez ensuite à pied jusqu'à Franceville, sur la rivière Ogooué, où vous pourrez prendre un bateau jusqu'à Port-Gentil. Est-ce qu'il y a des questions?

Indy fut légèrement surpris de voir s'avancer le major Boucher. A la réflexion, il n'aurait pas dû être surpris. Indy n'aimait pas beaucoup le major, mais il le respectait. Ce n'était pas un officier d'état-major, mais un soldat de première ligne, un professionnel qui connaissait son métier jusque dans les moindres petits détails.

Boucher avait un détail en tête. Un gros détail.

— Vous dites que l'on se rend de Bonga à

Franceville à pied, dit-il. Ne serait-il pas préférable de descendre le Congo jusqu'à la côte ouest, où nous pourrions prendre un caboteur jusqu'à Port-Gentil ?

Le colonel Mathieu toussa sèchement.

— Malheureusement, les populations sont un peu agitées sur cet itinéraire. Nous soupçonnons que des agents allemands excitent les autochtones. Nous réglerons bientôt ce problème mais, en attendant, il vaut mieux éviter la région.

— Pas de chance, dit Boucher en étudiant la carte d'un air préoccupé.

— La marche de Franceville à Bonga... cela vous cause un problème ? demanda le colonel en haussant les sourcils.

— La marche est possible... mais pas idéale. Le terrain est difficile et nous devons nous attendre à de lourdes pertes. Et les Français ? Ils ne peuvent pas nous transporter les armes par bateau ?

— Ils n'ont plus de navires disponibles, répondit le colonel.

— Et les Anglais ? demanda Boucher. Ils ont des bateaux, ils peuvent sûrement acheminer les armes par le Cap.

— Notre général en chef préfère ne pas demander d'aide aux Anglais, répondit sèchement le colonel. Les Anglais ont suffisamment d'influence en Afrique et en ce moment même ils se préparent à ajouter les territoires allemands conquis à leur empire. Nous, les Belges, devons nous battre seuls. Si nous acceptons l'aide des Anglais, nous devrons accepter leurs ordres et nous finirons par leur céder nos conquêtes de guerre. Nous devons nous rappeler, major, que nous ne sommes pas là pour que flotte le drapeau britannique sur des terres conquises au sacrifice de notre sang.

Le major hocha la tête. Il était un bon soldat et un patriote convaincu.

— Je comprends, dit-il.

— D'autres questions? demanda le colonel à l'assistance. Il n'y en avait pas.

— Alors, messieurs, bon appétit et bonne nuit! dit le colonel. Cela sera votre dernier repas civilisé et votre dernière nuit dans un lit avant un bon bout de temps.

Indy se tourna vers Rémy.

— Attends-moi dehors, je veux parler un instant au colonel.

Tandis que les autres sortaient, Indy s'approcha du colonel Mathieu.

— Colonel, puis-je vous dire un mot?

— Bien sûr, capitaine, dit le colonel en souriant.

— D'abord, je veux vous remercier pour mon avancement, commença Indy.

— Vous l'avez mérité, dit le colonel.

— Je serais surpris que le major ait la même opinion, dit Indy en abordant ce qu'il avait en tête. Avec tout mon respect, mon colonel, je me demande pourquoi vous avez choisi de nous envoyer tous les deux sur cette mission. Il pourrait y avoir des frictions.

— Il y aura peut-être des frictions, mais il y aura aussi l'alchimie que je recherche, expliqua le colonel. Le major est un soldat prudent. Très discipliné. Habitué à prendre des décisions difficiles. Autant de qualités que vous feriez bien d'acquérir.

Indy hocha la tête. Le colonel poursuivit :

— En revanche, comme vous l'avez sans doute remarqué, le major a tendance à être un peu conservateur et rigide. Il a besoin de votre fougue et de votre imagination. J'espère que vous lui apporterez votre soutien. Avec vous deux, je pense que nous avons de bonnes chances d'avoir nos armes.

— Vous pouvez compter sur nous, mon colonel, lui assura Indy.

— Capitaine, je compte sur vous, déclara le

colonel. Je sais que vous ne trahirez pas ma confiance.

Indy sentit sa poitrine se gonfler de fierté. Il exécuta un salut impeccable.

Quand il sortit, il avait encore à faire face aux doutes de Rémy.

— Seigneur, une marche à travers l'Afrique ! dit Rémy. Quel idiot a pu imaginer une chose pareille ?

Indy sourit.

— Imagine-toi que c'est une promenade.

— Une promenade, maugréa Rémy. J'aimerais mieux retourner dans les tranchées que de traverser cette jungle. Nous l'avons traversée quand nous avons remonté le fleuve Congo pour venir ici. Ça ressemblait à un enfer vert.

— Ecoute, les Askaris n'ont pas l'air inquiet et ils connaissent mieux cette région que nous, lui dit Indy, tandis qu'ils s'approchaient du feu de camp qu'avaient allumé les soldats.

Les hommes fêtaient leur victoire en dansant au son des tambours. Quand ils virent arriver Indy, le groupe se dirigea vers lui en chantant :

— Mungu kigodo !

— Qu'est-ce que ça veut dire ? se demanda Rémy.

— Mungu kigodo, répéta Indy en fronçant les sourcils.

Sa maîtrise du dialecte askari était limitée. Le sergent Barthélemy vint à leur rencontre.

— Mungu kigodo... Petit dieu? lui demanda Indy, perplexe.

Barthélemy sourit de toutes ses dents.

— Les soldats askaris vous ont vu, abattu par une vilaine balle allemande, capitaine, puis ils vous ont vu ressusciter.

Il mima un crachat.

— Ils vous ont vu cracher la balle par terre avec mépris. Puis vous avez mené les Askaris à la victoire. Magie très puissante!

— Non, Barthélemy. Les hommes se trompent. Ce n'est pas de la magie, lui dit Indy. J'ai tout juste de la chance.

Indy sortit le médaillon où s'était écrasée la balle.

— La balle a été arrêtée par mon médaillon. Tu vois?

Les Askaris étaient rassemblés autour d'eux. A la vue du médaillon, ils murmurèrent de crainte.

— C'est une cible très petite, dit Barthélemy. Ton ju-ju est très puissant. Mungu kigodo! Petit dieu! Celui qui ne peut mourir!

A ces mots, les Askaris se remirent à chanter, tandis que Rémy secouait la tête.

— Deux promotions en une journée, Indy, commenta Rémy. D'abord capitaine, puis dieu.

Rémy n'était pas le seul à être déconcerté par les exploits d'Indy. Cette nuit, le major Boucher vint dans la tente d'Indy et Rémy lui dire ce qu'il avait sur le cœur.

— Félicitations, capitaine... dit-il à Indy.

— Merci, major, répondit immédiatement Indy.

— ... pour nous avoir presque fait tous massacrer ! poursuivit Boucher en élevant la voix.

Indy se raidit, ainsi que Rémy à côté de lui.

Boucher regardait le nouveau capitaine avec un mépris évident. Ce même mépris se sentait également dans sa voix.

— Ce que vous avez accompli aujourd'hui n'est vraiment pas un motif d'avancement. C'était stupide. La prochaine fois que vous désobéirez à mes ordres, je vous écorche vif et je vous fais dévorer par les hyènes. C'est clair ?

— Comme du cristal, major, parvint à articuler Indy.

Boucher regarda froidement le médaillon sur le lit de camp d'Indy.

— Vous avez une chance de démon ; j'espère

qu'elle vous suivra. Nous en aurons tous besoin au cours de ce voyage.

Là-dessus, le major les salua, attendit qu'ils lui rendent son salut et quitta la tente.

— Ce n'est pas le type dont il faut se faire un ennemi, dit Rémy en secouant la tête.

— Il va nous en faire baver, approuva Indy. Avec lui au commandement, on n'a pas besoin des Allemands.

— Heureusement, nous n'avons pas à nous en faire, dit Rémy sèchement. Pas avec ton ju-ju.

Puis il s'allongea sur son lit de camp et déploya la moustiquaire.

— Bonne nuit, Mango-Gorgonzola, ou quel que soit le nom que l'on te donne ces temps-ci.

Indy resta seul assis sur son lit de camp, son médaillon à la main. Il l'ouvrit doucement et contempla la photo dans le cadre endommagé. C'était une fille qu'il avait rencontrée alors qu'il sortait tout juste de l'enfance. Sophie était la fille de l'archiduc François-Ferdinand. Elle avait été la première fille à faire battre son cœur plus vite. Elle lui avait montré à quel point une fille peut être belle et courageuse lors d'une aventure à Vienne, avant la guerre.

Comme cela semblait loin, à présent! Indy se

demanda s'il reverrait jamais Sophie. Ou un monde en paix. Ou s'il sortirait d'Afrique vivant.

Il lui faudrait vivre au jour le jour, péril après péril. Avec cette guerre qui semblait ne jamais devoir finir. Avec ce voyage qui semblait s'étendre au-delà de l'horizon de l'espoir.

CHAPITRE 4

Le lendemain, à l'aube, ils formèrent les colonnes pour le départ du camp. Les officiers qui commandaient l'expédition étaient groupés en tête de la colonne de soldats. Le major Boucher. Le capitaine Lafleur, l'officier de santé. Un jeune lieutenant qui s'appelait Arnaud. Rémy et Indy.

— Cinq officiers, pensa Indy, et pas un Africain. Il se retourna pour regarder leurs troupes. Le sergent Barthélemy parcourait la colonne, exhortant les hommes à rectifier leur tenue et à former les lignes. Trente-neuf hommes, tous noirs. Derrière eux, il y avait cinquante porteurs noirs pour transporter le ravitaillement.

Indy entendit Boucher lui dire à l'oreille :

— Vous pouvez donner le signal du départ, capitaine.

— En AAAAvant, marche ! hurla Indy au maximum de la capacité de ses poumons.

Les officiers, accompagnés de deux guides indigènes, se mirent en marche les premiers. Puis suivirent les soldats et les porteurs qui chantaient en rythme, comme si leurs chants pouvaient alléger leur lourd fardeau. D'autres soldats askaris interrompirent leurs travaux pour les regarder partir. Certains agitaient la main en signe d'adieu. Il y avait aussi des femmes et des enfants qui vivaient au campement malgré le règlement. Beaucoup pleuraient le départ de leur père ou de leur mari.

La colonne passa devant le colonel Mathieu, qui était venu passer les troupes en revue pour leur départ.

— Bon voyage, messieurs, lança-t-il aux officiers en les saluant.

Les officiers lui rendirent son salut. Indy put entendre le major Boucher qui grommelait à ses côtés :

— Moins de vœux pieux et davantage de porteurs nous serait plus utile. Nous allons manquer de tout, des munitions aux bandages. Et

pour manger, il va falloir compter sur les res-
sources du terrain.

— Vous voulez dire que nous allons chasser? demanda Indy. Déjà, il se sentait bercé par le rythme de la marche, tandis qu'il parlait avec Boucher. Et déjà, il pouvait sentir la chaleur du soleil qui lui tapait sur la nuque. D'ici à midi, ce serait une véritable fournaise.

— Non, dit Boucher. Ce n'est pas un safari. Nous nous procurerons de la nourriture dans les villages que nous traverserons en route.

— Et s'ils ne nous en donnent pas? demanda Indy. Ils pourraient eux-mêmes en manquer. Cette guerre a dû ravager l'économie locale.

— Ils n'auront pas le choix, répondit Boucher. Nous réquisitionnerons ce qu'il nous faut au nom du gouvernement belge. Les indigènes ne refuseront pas. Ils n'oseront pas.

— Mais ils sont si nombreux, et nous si peu! commenta Indy.

— Le nombre n'a pas d'importance. La force de caractère, oui. La force de caractère et la force des armes, dit Boucher. Nous, les Belges, nous faisons la loi au Congo parce que nous avons les deux.

— Mais si les indigènes se procurent des armes? se demanda Indy. Et s'ils décident de prendre eux-mêmes la décision de ce qu'ils font ou ne font pas?

Boucher ricana.

— Comme je le soupçonnais, vous êtes un rêveur, capitaine! Vous pensez que ces gens peuvent vraiment se gouverner eux-mêmes! Ou qu'ils en ont seulement envie!

— Cela m'est venu à l'esprit, admit Indy. Pourquoi font-ils cette guerre? Quand elle sera terminée, ils vont réclamer leur récompense. Après tout, c'est la différence entre notre camp et les Allemands, non? Ce sont eux qui pensent que le peuple doit seulement obéir aux ordres. Et nous, ceux qui croient à la démocratie.

— Ça c'est en Europe, ici c'est l'Afrique, répondit le major (il parlait comme un maître d'école à un élève). Je vous assure que ces indigènes sont comme des enfants, poursuivit-il. Ils ont besoin qu'on leur dise ce qu'il faut faire et d'être punis s'ils transgressent la loi.

— La loi belge? dit Indy.

— Oui, la loi belge, approuva Boucher.

Ils avaient perdu le camp de vue. Les plateaux couverts de savane s'étendaient à perte de vue. Au-dessus de leurs têtes, le ciel était d'un bleu pur, sans un nuage. Indy se sentit minuscule. Il avait l'impression que lui-même et les autres étaient des fourmis traversant l'immensité du paysage.

Il sortit un mouchoir et essuya la sueur qui perlait à son front tandis qu'il marchait. Il se demanda comment se sentaient les soldats avec leurs lourds fusils et leurs paquetages, et les porteurs avec leurs fardeaux éreintants. Et c'était seulement le début. Même après avoir franchi la savane, il leur restait à traverser près de deux mille kilomètres de lacs, de rivières et de jungle.

Indy ne parvenait pas à se représenter une telle distance.

Mais, d'une manière ou d'une autre, lui et les autres devraient la parcourir. De la même façon qu'en d'autres temps, en Amérique, les pionniers avaient franchi les déserts et les montagnes, s'étaient battus contre la nature et les indigènes pour parvenir à leur but.

— L'esprit des anciens pionniers, c'est de cela que j'ai besoin, pensa-t-il.

Tout à coup, il entendit la voix du major Boucher qui criait :

— Sergent Barthélemy, faites avancer vos hommes ! On n'est pas en promenade à la campagne ! Nous devons marcher quarante-cinq kilomètres avant le coucher du soleil, ou alors ils n'auront rien à manger. A moins qu'ils ne veuillent se manger entre eux!

Indy regarda Barthélemy. Le visage du sergent ne trahissait aucun sentiment. Que pensait Barthélemy de cette expédition? De cette guerre? Quel esprit habitait Barthélemy ou les autres Askaris? Certainement pas celui des pionniers! On était en Afrique, pas en Amérique. C'était ici leur terre et la terre de leurs ancêtres depuis la nuit des temps.

— Qu'est-ce que c'est que cette histoire de se manger les uns les autres? demanda-t-il à Boucher. Vous savez aussi bien que moi que les Askaris ne sont pas des cannibales. D'après ce que j'ai entendu dire depuis que je suis ici, il n'y en a pratiquement pas en Afrique.

— Vous ne comprenez pas comment il faut traiter les troupes indigènes, dit Boucher. Ils doivent être remis à leur place. Il faut leur rappeler qu'ils ne sont guère plus que des sauvages, et qu'ils servent une race supérieure. Ils doivent sentir que c'est un honneur pour eux de porter notre uniforme et de servir sous notre drapeau.

Indy pensa à Barthélemy, qui marchait derrière eux. Barthélemy était un des meilleurs sergents et combattants qu'Indy ait jamais rencontrés. Il est fort, courageux, intelligent et débrouillard. Indy se demanda comment Barthélemy pouvait se sentir reconnaissant et honoré d'être traité comme un enfant ou un animal stupide.

Peut-être que lui, Indy, pourrait lui parler et le lui demander. Mais aussitôt, Indy réalisa qu'il y avait peu de chances que cela se produise. A l'armée, il était déjà difficile pour les officiers d'avoir une conversation amicale avec les hommes de troupe (il subsistait toujours une différence de rang entre eux), mais ici, en Afrique, le fossé était encore plus large, un fossé entre Blancs et Noirs pratiquement infranchissable.

Cependant, il aimerait bien essayer, pensa-t-il. Peut-être qu'au cours de cette expédition il aurait une opportunité. Il resterait vigilant pour la saisir.

A cet instant, il entendit la voix de Barthélemy :
— Major, major, il faut s'arrêter !

Boucher se retourna. Les autres officiers firent de même.
— Qu'y a-t-il, sergent ? demanda Boucher d'une voix impatiente, tout en regardant sa montre. Dépêchez-vous, nous devons respecter l'horaire. Un vapeur nous attend sur le lac Tanganyika.

41

— Un porteur ! Il est tombé, dit Barthélemy. Il est malade.

— Lafleur, allez le voir, vite ! commanda Boucher.

— Oui, major, répondit l'officier de santé, et il se précipita pour voir le porteur malade.

Quelques minutes plus tard, Lafleur revint.

— Il a de la fièvre et il tremble. Malaria. Il a besoin de repos et de quinine.

Boucher broncha.

— Nous n'avons pas le temps de nous reposer. Où en est notre réserve de quinine ?

Lafleur grimaça.

— Pas aussi bien que je le souhaiterais. Nous en avons juste assez pour le voyage, si nous faisons attention.

— Alors, nous ne pouvons en gaspiller sur un porteur, décida Boucher. Nous pourrons toujours en engager d'autres. Prenez soin de donner une pilule de quinine par jour à chaque officier. Les Askaris en recevront une tous les deux jours, ou même tous les trois ou quatre jours si les réserves baissent.

Boucher se tourna vers Barthélemy, qui attendait les ordres à portée de voix.

— Laissez cet homme ici avec un peu d'eau et de nourriture. Il devra se débrouiller tout seul pour rentrer au camp. Répartissez sa charge entre les autres porteurs.

— Mais, major… commença Barthélemy.

— C'est un ordre ! dit Boucher d'une voix glaciale. Nous avons déjà gaspillé assez de temps comme ça.

— Bien, major ! dit Barthélemy d'une voix qui ne trahissait aucune émotion.

Il salua et partit faire exécuter les ordres.

— J'espère que vous aurez profité de la leçon, dit Boucher à Indy. En tant qu'officier, vous ne devez jamais hésiter en donnant des ordres. La force et la certitude sont les seules choses que ces gens respectent.

— Mais le porteur… dit Indy.

— Ne soyez pas sentimental, dit Boucher. Dans n'importe quelle mission, il y a des pertes.

— De toute façon, ce gars-là a de la veine, commenta Rémy. Il a de bonnes chances de s'en sortir. Nous sommes seulement à une demi-journée de marche du camp. Et ces porteurs sont durs à cuire.

Le lieutenant Arnaud croisa le regard d'Indy et mit la main sur son épaule.

— Vous devrez vous y faire. Cela ne sera pas le seul cas de maladie au cours de ce voyage.

Le capitaine Lafleur approuva.

— Ce n'est pas comme la guerre en Europe. Ici, la grande tueuse n'est pas le feu ennemi, mais la maladie : la malaria, la fièvre jaune, la maladie du sommeil, les parasites. Pour ne citer que celles qui portent un nom. Il y a aussi toutes celles que nous découvrons quand les hommes en meurent.

— Tout à fait, dit le major Boucher avec satisfaction. C'est pourquoi nous devons établir maintenant une conduite à suivre vis-à-vis des malades, et nous y tenir. Autrement, nous n'atteindrons jamais Port-Gentil.

Il regarda Indy droit dans les yeux.

— J'espère que vous êtes d'accord, capitaine !

A ce moment, les galons de capitaine que portait Indy sur sa tunique lui semblaient aussi lourds que du plomb. Il fit un effort pour se ressaisir.

— Oui, major ! dit-il.

— Alors, donnez l'ordre d'avancer ! dit Boucher.

Il cria :

— En AAAAvant, marche !

Mais pas aussi fort qu'au départ du camp.

CHAPITRE 5

Au cours de la traversée de la savane et du lac Tanganyika, Indy commença à percevoir à quel point l'Afrique était belle. Sur les plateaux, les herbages de la savane s'étendaient jusqu'à l'horizon, parsemés de bosquets d'arbres gracieux et de rivières chantantes. Des gazelles s'enfuyaient au bruit des pas des soldats, leurs sabots semblaient à peine toucher le sol.

Ici et là, Indy apercevait des lions qui dormaient paresseusement dans les hautes herbes après avoir dévoré une proie, ou que la faim commençait à éveiller pour repartir à la chasse. Il y avait du gibier partout. Indy repensa à l'Ouest américain avant qu'il ne soit domestiqué par les chasseurs avec leurs fusils, les fermiers avec leurs charrues, les éleveurs avec leurs barbelés et les ouvriers du chemin de fer avec leurs marteaux et leurs pioches. Sur le vapeur, Indy contemplait les eaux pures du Tanganyika ; la guerre et les batailles, les peines et la souffrance semblaient à des millions de kilomètres.

Mais Indy commençait aussi à comprendre à quel point l'Afrique était impitoyable.

Quand l'expédition atteignit Kigoma, sur la rive est du lac Tanganyika, presque un quart des porteurs avaient été abandonnés en route. Ceux qui restaient ne disaient mot de la charge supplémentaire qu'ils avaient à porter. Ils exprimèrent leurs pensées tout simplement en disparaissant une nuit avant le départ du vapeur.

Le major Boucher se contenta de dire :

— Typique, on pouvait s'y attendre. Ils n'ont même pas attendu la paie.

— Il n'y avait pas grand-chose à attendre, commenta Indy. Je n'arrive pas à croire que des gens travaillent si dur pour si peu.

— C'est parce que vous ne connaissez pas les indigènes, dit Boucher. Ils sont très contents de travailler pour presque rien.

— Alors, vous pensez que, s'ils nous laissent en plan, cela n'a rien à voir avec les bas salaires ? demanda Indy, acide.

— Bien sûr que non, dit Boucher. Ils sont tout simplement irresponsables, comme des enfants. Mais ce n'est pas grave. Nous en engagerons d'autres en débarquant sur la rive ouest du lac, à Albertville.

Il avait raison. Les porteurs se massaient sur le quai à Albertville. Mais lorsque l'expédition atteignit le chemin de fer à Kabalo, un cinquième d'entre eux étaient tombés malades. En descendant du train, terriblement lent et bruyant, au port du Kindu, sur le fleuve Congo, il n'y avait pas de place pour le reste des porteurs sur le vapeur qui partait au nord, vers Bonga.

Boucher n'était pas inquiet.

— Nous trouverons d'autres porteurs en arrivant là-bas. En Afrique, ce n'est pas la main-d'œuvre bon marché qui manque.

Encore une fois, il avait raison. Sur le quai de Bonga, les porteurs faisaient la queue, impatients de trouver du travail. Boucher sourit à Indy.

— Vous voyez, ces gens sont prêts à travailler à n'importe quel prix. C'est toujours mieux que ce qu'ils ont actuellement, c'est-à-dire rien.

— Mais que faisaient-ils pour gagner leur vie avant l'arrivée des Belges? demanda Indy.

— Ils avaient leur propre culture primitive, je suppose, dit Boucher. Ils faisaient du troc de bétail et des choses comme ça. Mais c'est fini depuis longtemps. Nous leur avons appris à vouloir et à avoir besoin de nos biens. Et nous leur avons appris, aussi, qu'ils ont besoin d'argent pour payer ces biens. Ils sont trop contents de pouvoir gagner ce que nous leur offrons.

— C'est mieux que d'en faire des esclaves, j'imagine, lança Indy.

— Quelle idée! s'indigna Boucher. La Belgique est un pays civilisé.

Le lieutenant Arnaud, qui avait écouté la conversation, intervint :

— C'est pourquoi notre pays a pris le contrôle du Congo. Pendant longtemps, notre ancien roi, Léopold, proclamait que le pays était sa propriété personnelle. Et il n'avait rien contre l'esclavage. C'est seulement quand l'opinion publique fut informée de la façon dont il traitait les populations qu'elle le força à confier le Congo à la Belgique.

— Depuis, nous avons apporté aux indigènes les avantages de la civilisation, conclut Boucher, satisfait. Nous leur rendons un immense service. Ils nous doivent beaucoup.

Indy repensa aux porteurs qui suaient sous le poids de leur charge. Aux Askaris qui risquaient leur vie au front.

Il semblait que la Belgique se remboursait pleinement, avec de gros intérêts.

— Alors, quand pensez-vous que les gens d'ici seront suffisamment civilisés pour se gouverner eux-mêmes? demanda Indy.

Le visage de Boucher se durcit.

— Ce n'est pas leur pays, c'est celui de la Belgique. Dire autre chose est une trahison.

Indy décida de laisser tomber cette conversation. Tout ce qu'il aurait à dire ne pourrait que lui attirer des ennuis. La partie la plus difficile du voyage restait encore à accomplir et il leur fallait travailler en équipe s'ils voulaient arriver jusqu'à Port-Gentil.

A ce moment, le capitaine Lafleur arriva avec des nouvelles.

— Deux des Askaris ont une forte fièvre, informa l'officier de santé.

— La cause? demanda Boucher.

— Je ne peux pas être certain, dit Lafleur. La fièvre jaune, peut-être. Ou le choléra. Ou alors

49

la malaria, puisque la moitié de notre réserve de quinine a été volée par un porteur.

— Cela n'a pas vraiment d'importance, décida Boucher. Nous les laisserons à Bonga. Nous ne pouvons pas nous permettre d'être retardés par des malades. Y a-t-il un hôpital à Bonga?

— Quelque chose qui ressemble à un hôpital, tenu par des missionnaires, répondit Lafleur.

— C'est toujours mieux que ce que trouveront les hommes dans la jungle que nous allons traverser, déclara Boucher.

— Vous ne voulez pas dire que vous abandonneriez des hommes malades dans la jungle? dit Indy. Je veux dire, ce sont nos hommes. Nous en sommes responsables.

— La seule responsabilité que nous ayons est envers notre mission, répondit Boucher. C'est la guerre et, à la guerre, le devoir du soldat, c'est de mourir.

Un frisson parcourut Indy. Il se souvint avoir entendu un général prononcer pratiquement les mêmes mots à Verdun.

Verdun était loin. Mais la guerre était toujours la guerre, où qu'elle ait lieu.

Ici, cependant, l'ennemi était différent, mais tout aussi mortel : les maladies. Elles étaient partout, dans l'air, dans l'eau, dans la nourriture, jusque dans le sol sur lequel ils marchaient. Les maladies ne prévenaient pas et se riaient de toutes les défenses.

Avant de partir conduire les soldats à l'hôpital, le capitaine Lafleur commenta :

— J'ai entendu dire que les forces rhodésiennes perdent cinquante hommes par la maladie pour chaque soldat tué par les Allemands. Quant à moi, je préfère me confronter aux balles plutôt qu'à ce vers quoi nous nous avançons.

Ces sombres paroles résonnaient encore dans l'esprit d'Indy quand ils quittèrent Bonga pour s'enfoncer dans la jungle. La jungle qui couvrait tout, du Congo belge jusqu'à l'Afrique-Equatoriale française.

Indy vit des porteurs indigènes tomber et être abandonnés, pleurant, gémissant, suppliant. Il vit des Askaris, suant de fièvre, être portés par leurs camarades afin de ne pas ralentir la marche. Il vit les réserves de médicaments diminuer dangereusement, et le visage du capitaine Lafleur se teinter d'impuissance et de désespoir. Il vit Boucher harceler de plus en plus durement ses hommes. Et Barthélemy déployer des efforts considérables pour maintenir un semblant d'ordre dans la colonne qui s'enfonçait de plus en plus au cœur de la jungle. Péniblement, ils se frayèrent un chemin en suivant des pistes presque invisibles dans la forêt dense. Ils franchirent des torrents impétueux, des montées et des descentes à travers une chaleur suffocante et des pluies torrentielles à travers des nuées d'insectes. Des serpents mortels se glissaient entre leurs pieds ou sifflaient au-dessus de leurs têtes. Les yeux jaunes des fauves les guettaient depuis des fougères géantes.

Chaque nuit, Indy observait le major Boucher secouer la tête de découragement lorsqu'il portait sur la carte le peu de distance parcouru, avant de se rouler dans sa moustiquaire pour essayer de dormir. A chaque réveil, Indy guettait sur son propre corps, puis sur celui de ses hommes, l'apparition des premiers signes d'une maladie. Il allait voir ensuite en quel état se trouvaient les Askaris et aussi combien de porteurs avaient profité de la nuit pour déserter. Il ne pouvait oublier les imprécations de Lafleur, même s'il l'avait voulu. Surtout après avoir vu ce village ubangui où ils étaient entrés à la recherche d'eau, de nourriture et de porteurs. Indy n'a jamais su le vrai nom de ce village, mais il lui avait donné un nom : le village des morts.

CHAPITRE 6

Ils sortirent de la jungle pour déboucher sur un vaste plateau. Leur progression serait plus facile maintenant, mais ils étaient ralentis par la faim. Et les quelques porteurs qui restaient étaient surchargés. En longeant une ligne de crête, ils repérèrent un village dans le fond d'une large vallée.

— Enfin, la chance tourne, dit le lieutenant Arnaud en s'épongeant le front d'un mouchoir déjà trempé par la sueur. Nous allons pouvoir obtenir des vivres. Et engager de nouveaux porteurs.

Mais le major Boucher fit signe de la main et la colonne s'arrêta.

— Pas si vite ! dit-il.

Il observa le village aux jumelles.

— Je n'aime pas cet endroit. Les indigènes auraient dû nous repérer maintenant. Ils savent toujours lorsque des étrangers approchent. Ils devraient être sortis de leurs huttes pour nous observer ou essayer de nous vendre quelque chose. Mais je ne vois pas âme qui vive. Pour une raison ou une autre, ils restent tous cachés.

— Des troupes allemandes, vous pensez ? demanda Indy.

Boucher fit non de la tête.

— C'est improbable, pas aussi à l'ouest. Mais je n'exclus pas que des agents allemands puissent faire de l'agitation. Je pense plutôt à des déserteurs. La racaille qui nous a abandonnés. Nous devons avancer avec précaution. Ils pourraient être armés. Prévenez les hommes !

Indy donna l'ordre aux Askaris :

— Parez armes ! Marche !

Les officiers en tête, leur pistolet à la main, les porteurs derrière, la troupe entra dans le village avec prudence et se déploya.

Ils ne virent toujours personne. Mais il y avait une odeur qui flottait dans l'air. Une odeur qui révulsa l'estomac d'Indy.

— Uuh! fit Rémy. Qu'est-ce qui sent comme ça?

Barthélemy, en s'approchant de Rémy et d'Indy, lança :

— Mauvais endroit ici, capitaine.

Un cri retentit chez les Askaris. Le lieutenant Arnaud se précipita pour voir.

— Major! cria-t-il. Il y a un cadavre ici!

Tout le monde accourut à l'endroit où Arnaud et les Askaris regardaient à terre.

— Mon Dieu! dit Indy en suivant leur regard.

Le corps d'un indigène était allongé dans l'herbe. De grosses mouches noires bourdonnaient sur les chairs en putréfaction.

Le major Boucher resta impassible.

— Inspectez les huttes! ordonna-t-il d'un ton sobre.

Indy et Rémy furent les premiers à obéir. Ils soulevèrent le rideau qui fermait la hutte la plus proche. Leurs yeux mirent du temps à s'adapter à la pénombre.

— Doux Jésus! dit Rémy.

Le sol de la hutte était couvert de cadavres rigides et gonflés, les membres encore tordus par une longue agonie. L'irruption de la lumière souleva une nuée de mouches dans un bourdonnement furieux.

Indy laissa retomber le rideau.

— Par tous les diables! Que s'est-il passé ici? demanda Boucher à Lafleur.

— La variole, apparemment, répondit Lafleur.

— La variole? Un village entier? dit Indy, horrifié.

— Notre programme de vaccination est en projet, dit Lafleur. Il a été retardé par la guerre.

— Donnez l'ordre aux hommes d'évacuer ce village, vite! interrompit Boucher.

— Ils n'auront pas besoin d'encouragements, dit Rémy. J'ai l'impression qu'ils sont sur le point de s'enfuir. Et je ne leur en veux pas.

Tout à coup, ils entendirent Barthélemy qui criait :

— Major! Major! Venez vite!

Les officiers et les Askaris se précipitèrent vers lui, les fusils à la main.

Quand ils virent ce qu'il avait trouvé, ils abaissèrent leurs armes.

Un petit garçon noir, de trois ou quatre ans, affreusement maigre, était accroupi dans la poussière à côté du corps d'un vieillard. En silence, le garçonnet observait les étrangers.

— Il semble que l'on ait trouvé un survivant, dit Rémy.

Les soldats regardaient la scène, partagés entre

l'horreur et la pitié, tandis que le petit garçon reprenait sa tâche. Il versa de l'eau sur la poitrine du vieillard avec un linge mouillé.

Puis il se leva et tituba jusqu'au ruisseau pour retremper son linge.

C'est à ce moment-là seulement que les soldats virent qu'il était attaché au vieillard par une lanière de cuir nouée à sa cheville comme une laisse.

— Que fait-il ? demanda Indy.

— On l'a laissé pour qu'il s'occupe du vieillard, dit Lafleur.

— Pauvre bonhomme ! dit Indy.

Il s'agenouilla près du garçon et lui secoua doucement les mains.

— Eh, p'tit gars !

Barthélemy se baissa près d'Indy et commença à le détacher.

La voix du major Boucher fendit l'air comme un coup de fouet :

— Ne le touchez pas, il est contagieux.

Barthélemy avait l'air perplexe.

— Major, si on ne peut pas le toucher, comment va-t-on l'emmener avec nous ?

— On ne l'emmène pas, sergent, répondit Boucher d'une voix glaciale. On le laisse là où il est.

Indy se redressa d'un bond.

— Mais major, ce n'est qu'un petit garçon, dit-il d'une voix choquée.

— Oui? Et alors? dit Boucher avec un soupçon de mépris.

— Il ne peut pas se débrouiller tout seul, protesta Indy. Si on le laisse là, il va mourir.

— Il est déjà presque mort, capitaine, répliqua Boucher. Je ne veux pas qu'on l'emmène avec nous par sensiblerie et qu'il contamine tous mes hommes.

— Major, je ne suis pas d'accord, répliqua Indy, une lueur de colère dans les yeux.

Boucher se pencha vers lui, le visage dur.

— Vous n'êtes pas rationnel. Vous laissez vos émotions obscurcir votre bon sens. Un bon officier doit savoir qu'une mauvaise décision peut mettre en danger la vie de ses hommes et risquer le sort de toute son unité.

— Oui, major! dit Indy en se mordant la lèvre. Il aurait voulu protester encore, mais il savait que Boucher avait raison... d'une certaine façon. Une façon qu'Indy devait avaler comme une pilule amère. Et il avait du mal à la digérer.

— Une décision raisonnable, capitaine, approuva Boucher. Vous ne devez penser qu'à votre mission.

Il se tourna vers Rémy et Arnaud.

— Formez les rangs, nous partons dans deux minutes.

Boucher s'éloigna avec les autres, laissant Indy seul avec Barthélemy et le garçonnet.

— Vous abandonnez le garçon, capitaine Indy ? demanda Barthélemy.

Indy évita le regard de Barthélemy.

— Ce n'est pas moi qui commande, dit-il.

Il avait du mal à articuler ses mots.

— C'est un enfant oubangui, dit Barthélemy. Oubangui comme moi. Barthélemy pense que vous n'abandonneriez pas un enfant... si c'était un enfant blanc.

Indy ouvrit la bouche pour expliquer. Il ne savait pas que Barthélemy était oubangui. Il comprenait que cela avait de l'importance.

Puis il se ressaisit. Quelle importance cela avait-il ? Il était capitaine, Barthélemy était sergent, et ils étaient à l'armée.

— Les ordres sont les ordres, se força-t-il à dire. Rassemblez les hommes.

Et il partit rejoindre les autres officiers sans se retourner.

— Il n'y a pas à se retourner dans cette mission, se dit-il.

Pas avec ce qui les attendait pour la prochaine étape du voyage.

Il retrouvait la jungle. Maintenant, Indy connaissait assez la jungle pour savoir la loi qui y régnait : seuls les plus forts survivaient. Et le prix de la faiblesse était la mort.

CHAPITRE 7

Indy frappait l'ennemi de toutes ses forces avec sa lourde machette tranchante comme un rasoir. L'ennemi, c'était la jungle.

Depuis des jours, les hommes de l'expédition se relayaient en tête pour tailler une piste à travers la végétation dense où la colonne progressait avec lenteur. Aujourd'hui, c'était le tour de Rémy et d'Indy de tracer une voie à travers le mur végétal qui les cernait de toutes parts.

— Mon bras va se détacher, gémit Rémy, alors que sa machette sifflait à travers les airs. Sortirons-nous jamais d'ici ?

— Pas si nous nous arrêtons, grogna Indy sans briser son rythme.

La sueur ruisselait de chacun de ses pores. Il n'y prêtait plus attention. Il avait presque oublié ce que c'était que d'être au sec dans des vêtements propres. Il ne parvenait plus à imaginer qu'il existait un monde où les gens prenaient un bain et dormaient dans des draps frais.

Tout ce qu'il y avait dans son monde, maintenant, c'était une chaleur accablante et une lumière lugubre, des insectes bourdonnant et des hurlements d'oiseaux, des feuillages qui giflaient le visage, des lianes qui s'enroulaient autour des chevilles, et de grandes plantes fleuries qui s'accrochaient aux bras.

Tout ce qu'il avait à l'esprit, c'était la machette qui devenait de plus en plus lourde, les ampoules sur ses paumes qui se rouvraient et la voix de Boucher, derrière, qui lui cassait les oreilles.

— Gardez le rythme, nous avons encore dix kilomètres à faire avant la nuit!

— Eh, tu as entendu? demanda Rémy, pétrifié.

Dans l'obscurité de la jungle, on entendit un grondement féroce.

Indy haussa les épaules et donna un coup de machette.

— Juste un gros chat.

— Un gros chat avec un gros appétit, dit Rémy en se remettant au travail.

Soudain, une ombre surgit, en titubant, à leur côté. C'était un des Askaris. Il se déplaçait d'un pas incertain, comme un coureur épuisé. Il haletait désespérément, cherchant à reprendre son souffle. Son visage était en sueur et ses yeux exorbités comme ceux d'un poisson hors de l'eau. Il chercha à tenir son équilibre, puis s'écroula aux pieds d'Indy et de Rémy, impuissants.

Il était allongé, frissonnant violemment sur le sol moussu de la jungle.

— Lieutenant! Capitaine! Continuez votre travail! cria le major Boucher en s'avançant avec Arnaud et Lafleur pour voir ce qui se passait. Mais Indy s'était déjà agenouillé. Il mit sa main sur le front de l'homme.

— Mon Dieu! Il est brûlant!

Lafleur s'agenouilla près d'Indy. Il examina l'homme.

63

— La variole? demanda Boucher avec anxiété. Lafleur secoua la tête.

— La fièvre jaune. C'est mauvais.

— C'est contagieux? demanda Boucher. Peut-il la transmettre à quelqu'un d'autre?

— Non, dit Lafleur.

— Dieu merci! soupira Boucher.

— Mais ça ne change rien, dit Lafleur, lugubre. La maladie est transmise par les moustiques, et je n'ai pas besoin de vous dire qu'il n'y a aucun moyen d'y échapper.

— Alors, vous pensez qu'il y a d'autres cas? demanda Boucher.

Lafleur approuva.

— J'ai repéré certains signes précurseurs parmi nos hommes, et la maladie évolue rapidement. Cette victime est la première sur la liste. A partir de maintenant, ils vont tomber comme celui-là.

— Excusez-moi, major, dit Indy. Je vais chercher des hommes pour faire un brancard, cela ne devrait pas être long.

Boucher le regarda, l'air surpris.

— Un brancard?

— Oui, major, un brancard, dit Indy en se doutant de ce qui allait se produire.

Ignorant les ordres du major Boucher, Indy crie à ses hommes de charger.

Le sergent Barthélemy (à gauche) et Rémy (au centre) regardent le médaillon qui a stoppé la balle et sauvé la vie à Indy.

Les hommes commencent leur marche à travers l'Afrique.

Le colonel Mathieu (au centre) trace la route que le major Boucher (à gauche), Rémy et Indy devront suivre à travers le Congo.

Chacun est surpris lorsque Barthélemy découvre un enfant oubangui, seul survivant d'un village ravagé par la variole.

Rémy et Indy découvrent qu'ils sont bien plus enfoncés dans la jungle que le major Boucher le prétend.

Indy force le major Boucher, comme devenu fou, à abaisser son arme.

Indy, Rémy et Barthélemy relèvent le major Boucher qui, épuisé, vient de tomber.

Le bateau à vapeur qu'Indy a loué pour lui et ses hommes descend le fleuve Ogooué en direction de Port-Gentil.

Le petit garçon oubangui éponge le front de son ami Barthélemy, blessé par une balle.

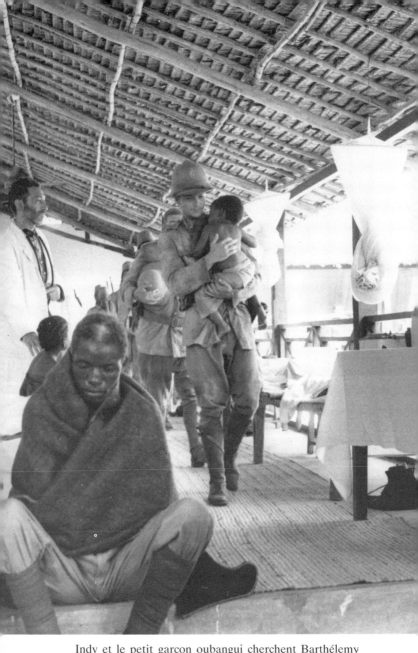

Indy et le petit garçon oubangui cherchent Barthélemy
dans l'hôpital de Port-Gentil.

— Et que pensez-vous faire d'un brancard? demanda Boucher en haussant les sourcils.

— Mais transporter cet homme malade, major, dit Indy en essayant de garder son calme.

C'était toujours une erreur de montrer ses émotions à Boucher.

Les lèvres du major firent une moue de mépris.

— J'espérais que ce voyage allait faire de vous un officier. Je vous ai dit dès le début que nous ne pouvions rien accepter qui puisse nous retarder. Rien.

— Je sais, major, dit Indy, mais...

— Mais vous refusez d'entendre, dit Boucher. Alors, écoutez maintenant. Tout homme qui ne peut suivre en marchant sera abandonné. Me suis-je bien fait comprendre?

— Mais ils vont être dévorés par les bêtes! protesta Indy.

— Et que voulez-vous que l'on fasse? Qu'on les porte sur notre dos? demanda Boucher, sarcastique.

— Si on doit en arriver là, oui, insista Indy.

— Nous ne pouvons pas nous en tirer dans cette jungle si nous sommes retardés par des malades, dit Boucher. Si les bien-portants et les malades restent ensemble, ils meurent ensemble.

Il se tourna vers Lafleur.

— Donnez à ceux que nous laissons une ration de survie et assurez-vous qu'ils connaissent la direction de Bonga. Qui sait, peut-être y arriveront-ils.

— Ouais... et les poules auront des dents, dit Indy.

— Nous leur laisserons leur fusil et quelques munitions, poursuivit Boucher sans prêter attention à ce que disait Indy. Ils pourront se protéger contre les bêtes qui inquiètent tant notre jeune capitaine.

Lafleur hocha la tête.

— Ça... ou ils pourront abréger leurs souffrances.

Indy réclama la parole.

— D'abord un jeune enfant, puis nos propres hommes. Qui abandonnerons-nous la prochaine fois, major ?

— Quiconque la raison nous commandera, capitaine.

Lafleur posa une main compatissante sur l'épaule d'Indy.

— C'est pénible, je sais. Dites-vous que ce sont nos morts que nous laissons derrière nous.

Indy regardait l'Askari qui frissonnait, transpirant, les yeux exorbités. Il pensa aux autres Askaris, sept ou huit au moins, qui avaient de la peine à suivre leur lente progression, titubant, suant, les yeux exorbités.

Boucher portait bien son nom, pensa-t-il.

Il resta immobile face au major.

— C'est dur de penser à eux comme à des morts, quand leurs yeux sont bien vivants et nous accusent.

Boucher ne cilla pas. Son ton était tranchant comme un couteau.

— Maintenant, si vous n'avez plus rien à dire, vous pouvez reprendre votre tâche, commanda-t-il.

Indy resta immobile un moment. Il avait dit « Oui, major » quand Boucher avait donné l'ordre d'abandonner le premier porteur dans la savane. Il avait dit « Oui, major » quand il avait ordonné l'abandon de l'enfant au village.

Il se demandait combien de temps encore il pourrait dire « Oui, major » quand, à chaque fois, son estomac se nouait un peu plus.

— Eh bien, capitaine, allons-y ! dit Boucher d'un ton menaçant.

Indy avala sa salive avec difficulté.

— Oui, major! parvint-il à peine à prononcer.

Il se baissa, ramassa sa machette, qui semblait être plus lourde encore. Puis il repartit tailler avec rage une piste dans la jungle, sans se retourner.

CHAPITRE 8

Ce soir-là, Indy et Rémy étaient assis près du feu de camp et mangeaient un semblant de dîner. Ils avaient avalé une substance brunâtre qui provenait d'une boîte, affirmant que c'était du bœuf. Maintenant, ils attaquaient le dessert : des fruits fraîchement cueillis dans la jungle. Rémy regarda les fruits dans sa gamelle et secoua la tête.

— Tu sais, en France, dans un restaurant à la mode, ces fruits coûteraient une fortune. Mais maintenant, j'échangerais tous les fruits de cette jungle pour une assiette de frites. Laisse-moi te dire que les frites que l'on fait en Belgique sont les meilleures du monde.

Rémy se préparait à manger son fruit à l'européenne, c'est-à-dire avec un couteau et une fourchette. Il coupa un morceau, le prit avec sa fourchette et il allait le porter à sa bouche quand il s'arrêta.

— Je me demande si un jour je retournerai manger des frites dans mon bistrot favori à Bruxelles. Je me demande si je reverrai Bruxelles un jour.

Il regarda Indy, qui était penché sur une carte, un compas et un rapporteur à la main.

— Eh, mon ami, quelle distance y a-t-il jusqu'à la civilisation?

— C'est ce que j'essaie de déterminer, dit Indy. Selon Boucher, nous sommes ici. (Il montra une croix qu'il avait tracée sur la carte.) Mais quand je fais mes calculs, cela nous met quelque part par là. (Il déplaça son doigt jusque dans la marge. Il y avait plus de dix centimètres entre les deux croix.) Ce qui fait soixante kilomètres.

Rémy reposa sa fourchette sans avoir mangé.

— Cela fait deux jours de marche de différence. Toi et Boucher feriez bien de voir le problème et de déterminer qui a raison et où on est. La dernière chose dont j'aie envie, c'est d'être perdu. Chaque jour dans la jungle semble une éternité.

— Il faut que je sois absolument sûr d'avoir raison avant d'aller voir Boucher, dit Indy. Tu connais le major.

Rémy hocha la tête.

— Oui. Il se pliera à la logique, mais seulement si tu es absolument sûr de ton coup.

Indy fixait la carte.

— Si seulement j'avais d'autres cartes, à une plus grande échelle, pour vérifier; alors peut-être...

— Le sergent Barthélemy a des cartes, dit Rémy. Je l'ai vu les regarder il y a quelques jours. Tu n'es pas le seul à avoir des doutes sur notre chef.

— Ouais, dit Indy. Barthélemy a sûrement son opinion. Mais il se garde bien de la dévoiler.

— Je le comprends, dit Rémy. D'après ce que je comprends de l'Afrique, tout indigène qui sort du lot risque les pires ennuis.

— Des ennuis, ou davantage.

Indy avait entendu dire que les Belges réprimaient les rébellions bien plus durement que les Allemands. Les Belges ne faisaient pas de prisonniers.

— Il nous montrera peut-être ses cartes et sa position estimée.

— Je vais voir s'il peut nous les prêter, dit Rémy.

Il se leva et se dirigea vers le campement des Askaris, bien à l'écart de celui des officiers.

Après son départ, Indy continua à examiner sa carte. Mais il pensait à autre chose. Il pensait à Barthélemy, aux autres Askaris, aux Belges, à la guerre et à ce pays où elle se déroulait.

Il était venu en Afrique en pensant que cela ressemblait à l'Amérique du temps des pionniers. Un continent vierge que les fermiers, les éleveurs, les mineurs pouvaient exploiter. Oui, il savait vaguement que les Indiens qui étaient là avant avaient subi des préjudices, qu'ils avaient été déplacés. Mais, dans son esprit, son pays était pratiquement vierge à l'arrivée des pionniers.

Il ne pensait plus à l'Afrique de cette manière maintenant, après l'avoir bien observée. Il y avait tout simplement trop d'Africains et trop peu de Belges. Les Belges ne semblaient pas vouloir s'installer sur cette terre, mais seulement l'exploiter comme on exploite une entreprise, pour faire un bénéfice.

Ça, c'était une de ses opinions qui avait changé.

Une autre opinion concernait la guerre ici. En Europe, on disait que la guerre visait à défendre la liberté. Indy s'était imaginé que c'était aussi vrai en Afrique. Mais il commençait à voir que les idées de Boucher étaient plus proches de la vérité.

La Belgique était prête à répandre son sang pour les terres qu'elle possédait déjà et pour toutes celles qu'elle parviendrait à prendre aux Allemands. La seule liberté pour laquelle se battaient les Belges en Afrique était la liberté de continuer à faire ce qu'ils voulaient.

Indy se gratta la tête.

Où en était-il, lui, aux ordres des Belges, commandant des soldats indigènes ? De quel côté était-il ? Honnêtement, il ne savait pas, il devrait improviser.

Il entendit à peine la voix de Rémy. C'était presque un chuchotement.

— Indy ? Je veux te parler.

Indy leva les yeux.

— Qu'est-ce qu'il y a ? Où sont les cartes ?

Rémy parlait à voix basse. Il indiqua du regard qu'Arnaud et Lafleur dans la tente à côté pouvaient les entendre. Il voulait lui parler seul à seul.

— Je pense que l'on a un petit problème.

— Un petit problème ? dit Indy.

— Un petit problème, répéta Rémy. Tu ferais bien de venir voir par toi-même.

— D'accord, comme tu veux, dit Indy en se levant.

Il suivit Rémy dans la jungle jusqu'au campement des Askaris.

Rémy souleva le rabat d'une tente et y tira Indy. C'était la tente de Barthélemy.

Le sergent était accroupi par terre. Il tenait une gamelle de compote de fruits à la main. De l'autre main, il tenait une cuillère. Assis à côté de lui, un petit enfant avalait goulûment une cuillerée de la compote.

— Félicitations, c'est un garçon, dit Rémy sèchement.

Indy était estomaqué.

— Mon Dieu, il a emmené le gosse du village.

Indy s'adressa à Barthélemy.

— Où l'as-tu gardé ?

— Avec les porteurs, à l'arrière, répondit Barthélemy sans prendre la peine de se lever.

Il affronta le regard accusateur d'Indy, crâne-
ment, sans crainte.

— Qu'est-ce que vous allez me faire maintenant, capitaine ?

— Bon sang, sergent ! dit Indy, en colère. Je
n'arrive pas à croire que tu me mettes dans cette
situation !

— Vous ne serez pas blâmé, dit calmement
Barthélemy. Vous ne saviez pas que je l'avais
emmené.

— Mais je suis responsable, dit Indy. En tant
qu'officier, je suis responsable de tout ce que
font mes hommes. J'ai le devoir de savoir tout
ce qu'ils font. J'ai la responsabilité de m'assurer
qu'ils obéissent aux ordres. Et quand Boucher
te fera fusiller, cela sera aussi ma responsabilité.
Il se tourna vers Rémy.

— Surveille-les !

C'était au tour de Rémy d'être surpris.

— Où vas-tu, Indy ?

Barthélemy connaissait déjà la réponse.

— Vous allez trouver le major, pas vrai, capitaine Indy ? Vous faites votre boulot comme
tous les Blancs. Vous me dénoncez. Vrai ou
faux ?

Barthélemy ne sourcillait pas, sa main ne tremblait pas tandis qu'il continuait à nourrir l'enfant

d'une autre cuillerée de compote de fruits. Le bambin l'avala avec avidité.

— Tu ne peux pas, protesta Rémy sans quitter des yeux Barthélemy et l'enfant.

— Je peux. Je dois. Et je vais le faire, dit Indy.

CHAPITRE 9

A part les bruits de mastication du petit garçon, il régnait dans la tente de Barthélemy un silence de mort.

Tous les yeux étaient braqués sur Indy, qui tentait de se justifier.

— Nous ne pouvons pas cacher ça, dit-il. C'est sûr que Boucher va découvrir la vérité sur cet enfant. Il vaut mieux que ce soit moi qui le lui dise. J'inventerai une histoire. Je vais essayer d'atténuer les choses. De trouver un compromis.

— Trouver un compromis avec le major ? dit Barthélemy en secouant la tête, incrédule.

— Ne t'inquiète pas ! Si quelqu'un peut le faire,

c'est Indy, dit Rémy, essayant d'être optimiste. Je l'ai vu se tirer de situations pires que celle-là. C'est un génie pour ça.

— Bien sûr, dit Indy sur le même ton. Je peux mener le major par le bout du nez sans difficulté.

— Il y a une chose que j'aime chez vous, capitaine, c'est que vous racontez de bonnes blagues.

Mais Barthélemy ne riait pas. Il ne souriait même pas.

Il n'y avait pas une lueur d'espoir dans ses yeux quand il vit sortir Indy.

Au moment où il parvenait à la tente du major, Indy avait perdu son allant. Ce n'était pas tout à fait comme charger sous le feu d'une mitrailleuse ; c'était plutôt comme s'il était debout devant un peloton d'exécution.

Il trouva Boucher enroulé dans une couverture, frissonnant de fièvre. A côté de lui, le capitaine Lafleur préparait le thé.

Nerveusement, Indy se racla la gorge.

Boucher leva les yeux.

— C'est important ? Je ne me sens pas bien.

— Oui, major, dit Indy.

Puis il hésita.

— Enfin, oui, un peu.

— C'est important, oui ou non ? demanda Boucher.

Indy n'était pas parti du bon pied. L'ennui, c'est qu'il n'y avait pas moyen de faire marche arrière. Il devait se lancer.

— C'est l'enfant, major, celui du village que nous avons traversé, dit Indy. Il est ici, au campement.

Boucher se raidit. Ses yeux lançaient des éclairs. Il s'étranglait de rage.

— Qui a désobéi à mes ordres ?

Indy décida que ce n'était pas le moment de dire la vérité. Il devait trouver mieux, et vite.

— Major, dit-il, il semble que le garçon nous ait suivis. Les porteurs à l'arrière l'ont récupéré. Le sergent Barthélemy a découvert la présence du garçonnet et m'a fait son rapport.

— Je vois, dit Boucher d'une façon qui indiquait qu'il y voyait davantage que ne le souhaitait Indy.

Rapidement, Indy étaya son histoire.

— Les porteurs ne connaissaient pas vos ordres, major. Je ne les leur ai pas transmis. C'est ma faute. J'assume toute la responsabilité de cette affaire.

— Admirable ! répondit Boucher sèchement. Alors, vous pouvez aussi endosser la responsabilité de vous assurer que cet enfant ne prenne pas le départ avec nous demain matin.

Indy avala sa salive.

— Major, si vous permettez? Ce garçon est arrivé jusqu'ici. Il semble en bonne santé.

Boucher fit un sourire mauvais.

— Demandons l'avis d'un professionnel. Capitaine Lafleur, en quel état de santé pensez-vous que soit un enfant de ce village?

Lafleur haussa les épaules.

— S'il était malade, les symptômes serait visibles maintenant. Il serait probablement déjà mort.

Les yeux de Boucher lancèrent des éclairs.

— Je ne vous demande pas une probabilité, capitaine. Pouvez-vous m'assurer sans l'ombre d'un doute, sachant que la vie de tous nos hommes dépend de votre réponse, que cet enfant n'est pas porteur d'une maladie mortelle?

Lafleur rentra la tête dans les épaules devant la fureur du major. Il marmonna sa réponse.

— Je ne peux pas vous l'affirmer avec certitude. Pas ici. Pas sans le matériel nécessaire.

Boucher se tourna triomphalement vers Indy.

— Voilà votre réponse, capitaine. La décision

rationnelle. Abandonnez cet enfant. Atta-
chez-le à un arbre s'il le faut.

Indy comprit qu'il n'y avait plus rien à dire.
Rien à dire à part :

— Oui, major.

Cela avait été une épreuve. Mais c'était une
épreuve plus difficile encore de rentrer à la tente
de Barthélemy.

— Comment ça s'est passé avec le major ?
demanda anxieusement Rémy.

Indy essaya d'annoncer la nouvelle en douceur.

— Son visage était tellement congestionné que
j'ai menti.

— Bonne tactique ! dit Rémy. D'habitude, ça
marche.

Mais Barthélemy n'allait pas se laisser mener en
bateau.

— Et pour l'enfant ? demanda-t-il.

Indy se raidit. Il n'y avait plus moyen de tourner
autour du pot.

— Il ne peut pas venir avec nous, dit-il d'une
voix de sermon, une voix que lui-même avait de
la peine à reconnaître. Je suis désolé. Le major a
été catégorique.

— Le major Boucher est mauvais ! Très
méchant ! dit Barthélemy, qui ne cherchait plus
à masquer sa colère.

81

Indy tenta de le calmer.

— Le major fait de son mieux pour notre bien à tous, toi compris.

— Tuer l'enfant, c'est bien pour Barthélemy? demanda le sergent. Cela me rendra meilleur soldat?

— Ce n'est pas ce que je voulais dire... déclara Indy en essayant de ne pas paraître aussi faible qu'il était.

— Le major Boucher fait de son mieux pour le bien du major Boucher! continua Barthélemy. Ce qui est bon pour son peuple.

Indy essayait de trouver une réponse à tout ça. Il se pressait la cervelle. Tout ce qu'il trouvait, c'étaient des idées auxquelles il avait cru avant, mais qui, maintenant, lui semblaient dépassées.

— Il se préoccupe aussi de ton peuple, lui dit Indy sans conviction. C'est pourquoi il est ici. C'est pourquoi nous sommes tous ici. Pour chasser les Allemands d'Afrique afin que ton peuple ait un avenir.

Barthélemy fixait Indy. Puis il éclata de rire. Un rire tonitruant.

— Capitaine Indy, vous êtes un homme bon. Un homme gentil. Mais vous n'êtes pas un homme intelligent.

Indy se sentit rapetisser sous le regard de Barthélemy. Il devenait de plus en plus petit, aussi petit que les cafards qui couraient sur le sol de la tente. Mais il dut écouter Barthélemy jusqu'au bout.

— Les Belges ne sont pas là pour l'avenir de mon peuple! Quand cette guerre sera finie, les Belges rentreront chez eux? Non. Les Belges veulent avoir la terre d'Afrique! Comme les Allemands! Tous les mêmes!

Que pouvait répliquer Indy, alors qu'il pensait la même chose? A ce moment, il enviait presque Boucher. Un esprit obtus rendait la vie si simple! Réfléchir la rendait si compliquée! La seule chose qu'il pouvait faire était de se rabattre sur la notion de devoir.

— Comment peux-tu dire une chose pareille? demanda Indy. Tu es sergent dans l'armée belge. Tu as prêté serment de servir le drapeau belge.

Barthélemy hocha la tête, les lèvres serrées.

— Des hommes blancs belges sont venus au village et m'ont enlevé pour faire de moi un soldat dans l'armée des Blancs. Ils ont enlevé tous les jeunes gens pour en faire des soldats dans l'armée des Blancs. Ma famille a faim et je ne suis pas là pour la nourrir. Je suis ici pour faire votre guerre. Mourir, peut-être. Et la

83

guerre finie, l'Afrique n'appartiendra toujours pas à mon peuple.

— Mon Dieu, un indépendantiste! suffoqua Rémy.

Barthélemy l'ignora.

— Vous ne pouvez pas bâtir l'avenir de mon peuple. Les Belges, les Français, les Allemands... tous pareils.

Il se pencha et, ramassant l'enfant, l'éleva dans ses bras, pour son plus grand plaisir.

— C'est lui, l'avenir de mon peuple. Tous les enfants. S'ils deviennent forts... intelligents..., ce sont eux qui bâtiront un avenir pour mon peuple. Ils ne seront pas des soldats dans l'armée des Blancs, dans l'Afrique des Blancs... Mais des hommes noirs, des Africains dans leur Afrique. Tu comprends, capitaine?

Avant qu'Indy n'ait eu le temps de répondre, le bambin se dégagea des bras de Barthélemy. Il se précipita vers Indy et commença à jouer avec lui. Un sourire illumina le visage d'Indy. L'enfant rit et lui dit quelques mots.

— Je ne comprends pas l'oubangui, dit Indy.

— Il dit : soyons amis, traduisit Barthélemy.

Indy regarda le petit garçon, puis Barthélemy.

— J'ai des ordres, dit Indy à voix basse.

CHAPITRE 10

Le lendemain, à l'aube, le major Boucher vit comment Indy avait exécuté ses ordres.

D'abord, le clairon déchira le silence, couvrant les croassements des oiseaux et l'incessant bourdonnement des insectes.

Puis les Askaris se rassemblèrent en rangs approximatifs. Cette colonne n'avait plus le fier aspect de l'expédition du départ, il y a si longtemps, si loin.

Finalement, le major sortit de sa tente. Il était tiré à quatre épingles, comme à l'accoutumée. Mais son visage luisait de sueur, et ses yeux brillaient étrangement. Il devait faire un effort pour distinguer ses hommes en passant la troupe en revue.

Il jeta un bref regard, puis il se tourna vers Indy, qui était à ses côtés, avec les autres officiers.

— Où est le sergent Barthélemy? demanda Boucher. Il devrait être en tête de la colonne. Ce gars se laisse aller, c'est toujours comme ça! Vous donnez à ces gens-là quelques galons, et il n'y a plus de discipline.

Indy avait l'estomac noué. Il se tourna vers Rémy.

— Où est Barthélemy?

Rémy était, lui aussi, mal à l'aise.

— Je ne l'ai pas vu.

Puis Barthélemy apparut. Il venait de la queue de la colonne et avançait vers la tête.

— Il était temps, sergent! aboya Boucher alors que Barthélemy s'approchait. Partons, maintenant!

Puis il se figea, bouche bée.

Le petit garçon trottinait aux côtés de Barthélemy en le tenant par la main.

Écumant de rage, le major se tourna vers Indy.

— Capitaine, nous nous sommes bien compris hier soir?

— Oui, major, dit faiblement Indy.

— Donnez l'ordre aux hommes de me faire face, grinça Boucher en remontant la colonne.

— Garde à vous ! fixe ! à gauche ! gauche ! hurla Indy.

Les hommes s'immobilisèrent et pivotèrent à l'unisson, se retrouvant face à Boucher. Indy resta aux côtés du major.

Avec une détermination inquiétante, Boucher se déplaça le long du rang jusqu'à ce qu'il fût en face de Barthélemy et du petit garçon.

— C'est un jeux dangereux que vous jouez avec moi, sergent, lui dit Boucher.

— Major, cet enfant n'est pas malade, répondit Barthélemy.

— Merci pour votre diagnostic, dit Boucher en luttant pour garder son calme. Maintenant, remettez-moi cet enfant.

Barthélemy ne broncha pas.

— Il vient avec nous, dit le sergent calmement.

Indy, aux côtés de Boucher, entendit presque le major craquer.

— Bon sang, je veux qu'on m'obéisse ! hurlait-il.

Puis il se précipita sur l'enfant terrifié. Il saisit le bras du garçonnet, mais le bambin s'agrippa de son autre main au bras musclé de Barthélemy.

Un instant, il sembla que l'enfant allait être écartelé.

Soudainement, cela cessa. De son bras libre, Barthélemy donna un puissant coup de poing dans la poitrine du major, l'envoyant tituber en arrière. Barthélemy ramassa le petit garçon et, rassurant, le blottit dans ses bras.

Boucher resta immobile un moment, ébranlé. Pas tant par le coup que par l'audace de celui qui le lui avait donné. Barthélemy venait de faire ce qu'aucun indigène ne devait faire. Ce qu'aucun indigène ne pouvait se permettre de faire.

Il avait osé désobéir à un officier belge. Et plus incroyable encore, il avait usé de la force contre son supérieur.

Quand Boucher put émettre un son, sa voix allait bien au-delà de la rage. Elle approchait la démence.

— Mes hommes meurent dans la jungle comme des chiens! hurla-t-il. C'est de la trahison, sergent! Une infâme trahison!

Les yeux de Boucher lançaient des éclairs. Il se tourna vers Indy.

— Capitaine, dégainez votre arme, visez le sergent! S'il refuse de m'obéir de nouveau..., abattez-le!

Par automatisme, Indy avait commencé à obéir. Sa main saisissait déjà son arme quand il s'arrêta.

— Mais major, je..., bafouilla Indy, cherchant un moyen de ramener Boucher à la raison. C'est mon sergent. Nous avons besoin...

— Ce n'est pas votre problème, dit Boucher, écumant de rage. Je suis votre problème. Maintenant, dégainez votre arme.

Indy ne répondit pas. Il n'en avait pas besoin. Son pistolet resta dans son étui.

— Il semble que je vous ferai passer en cours martiale, après tout, comme j'aurais dû le faire la première fois que vous m'avez désobéi, dit Boucher.

Puis il ordonna à Barthélemy :

— Sergent, sortez du rang!

Barthélemy obéit, le petit garçon toujours dans les bras.

— Une dernière fois, dit Boucher, remettez-moi cet enfant!

Le major et le sergent se défièrent du regard. Puis, lentement, affrontant son regard, Barthélemy fit « non » de la tête.

— Ce n'est pas une requête, mais l'ordre d'un officier belge, dit Boucher en dégrafant l'étui de son pistolet.

Avec une lenteur terrifiante, il dégaina son arme et visa le front de Barthélemy.
Soudain, un soldat askari sortit du rang pour se placer à côté de Barthélemy.
— Rentrez dans le rang! aboya Boucher.
Le soldat répondit en swahili.
— Le soldat Zimu dit qu'il refuse de continuer sans l'enfant, traduisit Indy.
Boucher pointa son pistolet sur Zimu.
— J'ai dit : rentrez dans le rang!
Zimu ne recula pas. Au lieu de cela, un par un, tous les soldats de la colonne avancèrent pour le rejoindre, lui et Barthélemy.

Le visage de Boucher était maintenant écarlate.
— Vous pensez que c'est un jeu? rugit-il. Vous pensez me mettre à l'épreuve? Vous pensez que je ne vous tirerai pas dessus? Bon sang, je le ferai! Je vous abattrai tous jusqu'au dernier!
Il se tourna vers Barthélemy.
— En commençant par toi!

Le major pointa son arme, arma le chien. Il visa entre les yeux de Barthélemy.

Immobile, Barthélemy ne cilla point.

C'est Boucher qui cilla. Il cilla quand il sentit le contact de l'acier froid derrière son oreille.

C'était le canon du pistolet d'Indy.

Indy parla d'une voix douce et apaisante.

— Vous n'êtes pas rationnel, major. Vos émotions obscurcissent votre bon sens. Vous mettez la vie des hommes en danger et vous compromettez le succès de notre mission.

— C'est une mutinerie, capitaine, dit Boucher, les dents serrées.

— Je ne suis pas d'accord, dit Indy. Maintenant, lâchez votre arme !

Boucher garda son pistolet à la main, le chien relevé, le canon toujours pointé sur Barthélemy.

Il le garda comme ça, même quand il entendit Indy armer le chien de son pistolet.

— Ce n'est pas une requête, major ! dit Indy doucement.

Comme il se soulageait d'un grand poids, Boucher abaissa le canon de son arme. Ses épaules s'affaissèrent. Sa main devint molle et son pistolet tomba à terre.

Il semblait que la seule force qui lui restait était celle de sa voix.

— Je vous ferai tous passer devant un peloton d'exécution. Vous tous !

— Oui, major, dit Indy. Maintenant, major, si nous prenions le départ ?

CHAPITRE 11

Il pleuvait. Il pleuvait depuis une semaine. Et il semblait qu'il allait pleuvoir pour toujours. Il tombait des cordes sur la jungle. Des torrents de pluie dégringolaient des feuilles des hauts arbres. Ce déluge transformait l'humus de la forêt en gadoue visqueuse.

Des éclairs déchiraient le ciel de suie pour y répandre des trombes d'eau.

— Joyeux Noël! dit le capitaine Lafleur.

Sa voix était rauque. Il était allongé, enveloppé dans une couverture crottée de boue, dans une cabane sommaire. Les autres officiers étaient avec lui. A l'exception du major Boucher, qui avait un abri à part. Il ne voulait rien avoir à faire avec les autres en dehors des devoirs de service.

A proximité, les Askaris s'étaient construit un abri de fortune pour la nuit. Les porteurs n'étaient plus là depuis longtemps. Ils étaient morts, ou avaient déserté en emportant leurs charges de ravitaillement avec eux.

— Calmez-vous! dit Indy à Lafleur. Essayez de dormir! Cela va être encore une rude journée demain à patauger dans cette boue.

Mais Lafleur continuait de parler de sa voix rauque, les yeux brillants de fièvre.

— Comment puis-je dormir? C'est la veille de Noël. Je suis bien trop excité pour dormir. Je me demande ce que le Père Noël va apporter. Je me souviens, quand j'étais à la maison...

Il n'alla pas plus loin. Au mot « maison », il éclata en sanglots, les larmes ruisselant sur ses joues.

— Je sais ce que va apporter le Père Noël, dit Rémy, lugubre. Davantage de pluie.

Rémy et le lieutenant Arnaud décoraient un petit buisson sous l'abri avec des décorations que Lafleur avait apportées. Lafleur prenait Noël très au sérieux.

— Regardez, nous avons de la visite, dit Indy. Salut, p'tit gars!

L'enfant du village était venu à leur abri, attiré par leurs activités étranges. Il regarda avec curiosité leur version d'un sapin de Noël.

— Ah, un enfant! C'est ce qu'il nous fallait pour nos célébrations de Noël, croassa Lafleur en se relevant à moitié sur un coude. Tiens, mon garçon, finis la décoration de notre sapin. De sous sa couverture, Lafleur tirait une minuscule étoile argentée. Il l'agita pour qu'elle étincelle à la lumière du feu de camp. Le petit garçon s'approcha, attiré par le scintillement. Lafleur lui donna la petite étoile et lui montra le sommet du buisson.

Le garçon prit un air perplexe, puis il éclata de rire. Il s'approcha du buisson et, se haussant sur la pointe des pieds, il accrocha l'étoile sur la plus haute branche.

— Eh, ce gamin est malin! dit Indy.

Puis son regard se détourna de l'étoile vers Lafleur. Les yeux de Lafleur étaient fixés sur l'étoile. Ses lèvres formaient un sourire extatique. Mais l'étoile et son sourire étaient glacés. Indy prit le pouls de Lafleur.

— Je crois qu'il a eu son cadeau de Noël de bonne heure, dit Indy en contrôlant sa voix et ses émotions.

Il étendit les deux mains et baissa les paupières de Lafleur sur ses yeux vides.

Le lendemain, le corps de Lafleur était enterré, avec une demi-douzaine d'autres cadavres, dans une tranchée creusée à la hâte. Dans la vie, les officiers et les Askaris vivaient à part. Dans la mort, ils étaient réunis.

— Je me demande qui creusera nos tombes, grommela Rémy, tandis qu'ils pataugeaient dans la boue à travers le déluge.

— Il ne restera bientôt plus personne pour faire le sale boulot, dit Indy. Les derniers à partir devront pourrir dans la jungle.

— Gardez la cadence ! Ne ralentissez pas ! Serrez les rangs !

C'était le major Boucher. Il essayait de crier, mais sa voix ne portait pas. Il essayait de rester en tête de la colonne pour encourager ses troupes. Puis il trébucha et tomba à genoux. Indy et Rémy se précipitèrent pour le secourir. Il refusa leur aide.

— Je peux me relever tout seul, dit-il. Je n'ai pas besoin de l'aide de traîtres.

Il se releva à moitié, puis retomba.

A présent, le reste de sa troupe s'était rassemblé autour de lui. Le petit garçon, emmitouflé dans la tunique d'un soldat mort, le tirait par la manche, l'encourageant à se relever.

Boucher regarda le garçon, puis lâcha un petit rire grinçant.

— Dites à votre jeune ami que je ne peux continuer, dit Boucher à Indy. Il doit m'abandonner ici.

— Construisez un brancard, dit Indy à Barthélemy. Nous le porterons.

— Non! Je vous l'interdis! La règle s'applique toujours, protesta faiblement Boucher.

Ses dernières forces semblaient se rassembler dans la colère de ses yeux.

— Tu m'as entendu? dit Indy à Barthélemy.

Barthélemy hocha la tête.

— Oui, capitaine, dit-il au nouveau commandant.

Quatre jours plus tard, Boucher était toujours sur un brancard de fortune. Indy était à la tête de la colonne et le petit garçon était perché sur les larges épaules de Barthélemy quand les hommes — il en restait dix-huit — marchèrent dans Franceville.

« Marchèrent » n'est pas vraiment le mot. « Titubèrent » serait plus exact.

— Allons, formez les rangs! leur cria Indy.

Montrons à ces citadins de quelle trempe nous sommes faits.

— Qui essaies-tu d'impressionner? demanda Rémy. Ce n'est pas une ville, mais un bled.

Indy ne pouvait dire le contraire. Franceville n'était qu'une poignée de bâtiments délabrés et miteux sur les berges du fleuve Ogooué. Quelques hommes en haillons et une meute de chiens faméliques regardèrent passer, indifférents, les soldats épuisés et squelettiques qui déambulaient sur le champ de boue qu'était la rue centrale. Au moins, la pluie avait cessé. Le soleil qui apparaissait entre les nuages se reflétait dans les flaques d'eau.

— Un bled, peut-être, dit Indy. Mais c'est le plus joli bled que j'aie jamais vu.

— Je suis d'accord avec toi là-dessus, approuva Rémy.

— Maintenant, trouvons un bateau pour partir d'ici rapidement, dit Indy.

— Le plus vite sera le mieux, approuva Rémy.

Indy se dirigea vers le plus grand bâtiment de la ville, le comptoir commercial. Un homme portant une vareuse blanche crasseuse sortit les accueillir. Il sourit de sa bouche édentée avant de dire à Indy, avec un fort accent hollandais :

— Bienvenue à Franceville! Que voulez-vous?

Je vous préviens, pas de marchandage. C'est le seul magasin de la ville.

— Tout ce que je veux, ce sont des informations, répondit Indy. Auprès de qui puis-je me renseigner pour louer un bateau?

Le Hollandais gratta nonchalamment un bouton qu'il avait sur la joue. Puis il demanda :

— Vous êtes sûr que vous ne voulez rien acheter? Peut-être du savon? On dirait que vous venez de ramper à travers l'enfer.

Indy se raidit. Sa main enserra la crosse de son pistolet.

— Nous n'avons pas rampé, dit-il.

Le Hollandais toussa, recula d'un pas. Puis il dit rapidement :

— Il y a un quai au bout de la rue. Demandez Sloat.

Sloat était un Anglais. Un Anglais gros, mal rasé, coiffé d'une casquette de capitaine tachée de cambouis. Son bateau n'avait pas l'air d'être en meilleur état. Un vapeur fluvial construit il y a vingt ans et qui n'avait pas été nettoyé depuis. Indy le regarda et soupira. Au moins, il flottait encore. Et avec de la chance, les moteurs marchaient.

— Monsieur Sloat? demanda Indy.

— Zachariah Sloat, à votre service, répondit le

99

gros homme. Négociant en produits de luxe. Les fourrures de singe et le gin anglais sont mes spécialités. Qui êtes-vous ?

— Capitaine de l'armée belge, dit Indy.

— On n'a pas beaucoup de visiteurs par ici, remarqua Sloat. Surtout ceux qui se traînent hors de la jungle comme des fantômes.

— Mes hommes et moi avons besoin d'un passage jusqu'à cap Lopez, dit sèchement Indy.

Sloat se tourna pour cracher un long jet de jus de tabac brunâtre dans la rivière boueuse.

— Cinq cent milles en aval, dit-il. Ça va coûter.

Méfiant, Indy hocha la tête. Il avait un sac de pièces d'or sur lui. Mais l'argent n'était rien à côté de ce que cette expédition avait déjà coûté. Ils s'en tireraient à bon marché si c'est tout ce que cela coûtait dorénavant.

CHAPITRE 12

Indy était assis sur une chaise bancale sur le pont du vapeur, en train d'écrire une lettre.

« Je ne peux m'empêcher de me poser des questions sur le coût terrible de cette expédition, et sur la tâche difficile qui nous attend à l'arrivée, écrivit-il. Une fois encore, au cours de cette guerre, je m'interroge : est-ce que cela en vaut la peine ? Est-ce que toute guerre en vaut la peine ? Cela semble un gaspillage criminel. Je ne peux que prier pour que l'avenir me donne tort. »

Indy mordilla le bout de son stylo, puis continua :

« J'espère que les Français à Port-Gentil pourront détacher des hommes auprès du major Boucher pour le voyage de retour, qui risque d'être encore plus périlleux que celui-ci. Dans tous les cas, que Dieu nous aide tous ! »

— A qui écris-tu ? demanda le lieutenant Arnaud.

Il était assis à côté d'Indy et écrivait une lettre, lui aussi. Mais cela lui était difficile. Des spasmes violents et des tremblements l'interrompaient sans cesse, bien que l'air fût lourd de chaleur et qu'il se fût emmitouflé dans une couverture.

— A un gars que j'ai rencontré il y a des années en Égypte, dit Indy. Un archéologue anglais. Ses amis l'appellent Ned, mais il signe ses travaux universitaires T.E. Lawrence. Il est dans l'armée britannique maintenant. Les services secrets. Aux dernières nouvelles, il travaillait avec des tribus arabes. C'est bizarre, les coïncidences. Tous les deux, nous sommes si loin de l'Europe, nous faisons la même guerre qui a débuté là-bas.

— Oui, c'est bizarre, dit Arnaud.

Mais son sourire était un rictus de tête de mort. Un frisson le parcourut tandis qu'il scellait l'enveloppe et que, laborieusement, il mettait l'adresse. D'une main tremblante, il la tendit à Indy.

— Pour ma femme, en Belgique. Capitaine, si je... ne trouve pas l'opportunité de la poster, pouvez-vous vous en occuper?

Indy avala sa salive.

— Tu la posteras, dit-il du ton le plus convaincant possible. Nous serons bientôt à Port-Gentil. Je ne sais pas comment le capitaine Sloat fait avancer son épave, mais il y parvient.

Entre-temps, Sloat s'y employait de son mieux. Il transpirait au-dessus d'une chaudière qui menaçait d'exploser.

Il dut s'arrêter cependant quand il vit ce que le sergent Barthélemy faisait à la roue de gouvernail de son bateau. Le sergent avait le petit garçon sur ses genoux, et l'enfant tenait la roue, jouant au capitaine.

— Tourne la roue, tourne-la! C'est bien, c'est bon! encouragea Barthélemy.

— Sergent! hurla Sloat. Otez ce mioche de mon gouvernail! Je vous ai dit de tenir la barre, pas de jouer avec! Il se tourna vers un soldat askari.

— Prends sa place!

Barthélemy traduisit l'ordre en swahili.

L'Askari hocha la tête et remplaça Barthélemy et l'enfant à la barre.

Un instant plus tard, l'Askari s'effondrait sans vie sur la roue ; une balle lui avait traversé la gorge.

Les balles sifflaient à travers l'air comme une nuée de frelons. Le fracas de la fusillade transformait la rivière en stand de tir.

Tous, à bord du bateau, se ruaient à l'abri. Des soldats rampèrent vers leurs fusils. Indy rejoignit Rémy, qui était à plat ventre sur le pont. Tous les deux avaient sorti leurs pistolets.

Prudemment, Indy leva la tête pour voir d'où provenaient les coups de feu. Il vit la fumée des tirs qui venaient de la végétation sur la berge. Derrière cette fumée, il distinguait des visages indigènes. Au moins une douzaine, peut-être plus. Indy essaya de leur tirer dessus. CRAC ! Une balle fit éclater le bois du bastingage, au-dessus de sa tête. Il dut se rebaisser.

— Qui diable sont-ils ? haleta Rémy.

— Des indépendantistes, des rebelles, des déserteurs. Fais ton choix, dit Indy. Une chose est sûre : ce ne sont pas nos copains.

— Ripostez ! cria Rémy aux Askaris, qui avaient pu récupérer leurs armes.

Les Askaris obéirent avec une salve dispersée.

104

Puis un tir de barrage en provenance de la berge en toucha un et obligea les autres à se mettre à l'abri.

Mais Indy ne regardait pas cela. Il regardait l'Askari mort, affalé sur la roue. Une nouvelle balle l'avait touché. Son corps s'était affaissé sur la droite, faisant tourner le gouvernail de son poids. Le bateau vira à angle droit. Il faisait route directement vers le tir ennemi. Indy chercha du regard l'homme le plus près du gouvernail.

— Sergent! cria-t-il. Le gouvernail! Nous faisons cap sur la rive! Si nous échouons, ils vont nous hacher menu!

Barthélemy n'hésita qu'une seconde. Puis il sortit de sa cachette. Il courut sous une volée de balles vers le gouvernail. Il saisit le col de la chemise de l'Askari tué et le repoussa de côté, puis il saisit la barre et commença à remettre le bateau sur son cap.

Barthélemy cria. Une balle venait de faire éclater une des poignées de la roue de gouvernail avant de se loger dans son estomac. Il tomba sur le pont, se tordant de douleur… sous les yeux du petit garçon. Les yeux de l'enfant s'écarquillèrent de terreur.

Indy regarda vers la rive. Le bateau se dirigeait

de nouveau vers elle. L'ennemi faisait feu à tir continu maintenant. Les assaillants sentaient que la victoire était proche.

— A mon tour, maintenant, dit Indy à Rémy. Restant baissé, il courut vers le gouvernail. Il entra dans la ligne de mire d'un guerrier caché derrière un buisson qui se redressa pour mieux viser. L'homme portait les reliques d'un uniforme. Son fusil était l'un des meilleurs en service dans l'armée. Mais toucher une cible se déplaçant aussi vite qu'Indy est difficile. Il manqua son coup. Tout juste. Indy sentit la balle qui lui frôlait la joue. Mais il n'eut pas le temps d'éprouver du soulagement.

Soudain, il sentit une brûlure au visage. Il tomba en hurlant; un nuage rouge brouillait sa vue.

La balle avait percé un trou dans la chaudière du bateau. Un jet de vapeur brûlante jaillit au visage d'Indy comme un coup de fouet.

Indy tentait de voir malgré la douleur. Il n'y arrivait pas. Il pouvait seulement entendre les coups de feu qui se rapprochaient. Il entendait des Askaris chanter des chansons tribales, se préparant pour la mort. Puis il entendit autre chose. La voix de Barthélemy.

Il parlait en oubangui.

— Tourne la roue… tourne-la… c'est ça… joue bien… tourne la roue…

A présent, Indy apercevait vaguement ce qui se passait. Comme s'il voyait à travers une brume qui se lève.

Le petit garçon était debout près du gouvernail et tournait la roue. Barthélemy était allongé sur le dos, redressant la tête avec effort et parlait au garçon. Le bateau tournait, très doucement, mais il tournait, s'éloignant de la rive. Il revenait au milieu de la rivière, le cap vers l'aval.

Les coups de feu étaient de plus en plus lointains et de moins en moins fréquents.

Finalement, ils cessèrent complètement.

Il n'y eut plus que le silence, à part le bruit de l'eau sur l'étrave du bateau. Le bateau était hors de portée des fusils.

Un à un, des Askaris se relevèrent pour voir ce qui les avait sauvés.

Ils se rassemblèrent respectueusement autour du petit garçon qui, joyeusement, tenait la barre.

Indy vint les rejoindre, le visage rouge comme un homard, mais ayant recouvré la vue.

Boucher et les autres officiers arrivèrent aussi. Sloat vint également.

— Le petit rat de la jungle a sauvé notre peau,

dit doucement Boucher en secouant la tête d'émerveillement.

Le geste de Sloat, cependant, exprimait plus que les mots. Sloat prit sa casquette de capitaine et en coiffa le petit garçon.

Certains auraient pu dire que cette casquette était trop grande pour un si petit enfant, mais personne à bord de ce bateau ne le fit. De leur point de vue, cette casquette lui allait à ravir.

CHAPITRE 13

— Ce bateau arrivera peut-être à Port-Gentil, mais nous, y arriverons-nous ? dit Indy, morose, à Rémy.

— J'aimerais bien le savoir, répondit Rémy en secouant la tête gravement. Ce rafiot s'est transformé en navire-hôpital... mais sans docteur ni infirmière ni médicaments.

Ils étaient tous les deux côte à côte sur le pont tandis que le bateau poursuivait sa route en descendant le fleuve. Ce qui les entourait n'était pas réjouissant. Le pont était jonché d'hommes blessés ou malades, grognant, toussant, criant de douleur, parfois mourants.

Même le major Boucher était finalement tombé

malade après avoir longtemps lutté. Il était couché sur le pont avec les autres, brûlant de fièvre. Indy et Rémy étaient parmi les rares à être en suffisamment bonne santé pour essayer d'apaiser leurs souffrances. Mais ils ne pouvaient pas faire grand-chose.

Une autre personne faisait de son mieux pour aider.

— Eh, regarde le petit gars ! dit Indy en parvenant à sourire pour la première fois depuis des jours.

— Oui, il fait ce qu'il a appris au village, dit Rémy en souriant lui aussi. Ça doit être inné.

Le petit garçon était accroupi à côté de Barthélemy. Il versait de l'eau sur le large torse du sergent pour le rafraîchir et soulager la douleur que lui causait sa blessure sommairement pansée.

Indy vit le garçon arrêter son labeur et se mettre à pleurer.

Il vint voir ce qui se passait. Il entoura l'enfant de ses bras et tenta de le réconforter. En même temps, il demanda à Barthélemy :

— Qu'est-ce que tu lui as dit ?

— Je lui ai dit que je suis son ami, dit Barthélemy. Je lui ai dit que je ne voulais pas le laisser. Et que si je m'en vais, il ne doit pas avoir peur. Il doit devenir fort et sage. Et rendre la fierté à son peuple.

La gorge d'Indy se serra. Puis il essaya de raffermir sa voix.

— Sergent, sous aucun prétexte vous n'avez la permission de mourir. C'est un ordre. J'espère que, pour une fois, vous obéirez.

Barthélemy sourit faiblement, et Indy pressa sa main dans la sienne.

— Tu vas t'en tirer, lui dit Indy.

Avant qu'il puisse en dire plus, il entendit un cri qui venait de l'avant du bateau.

C'était le soldat Zimu, qui pointait son doigt vers la rive. Indy rejoignit Zimu et suivit son regard. Le bateau passait au large d'un groupe de bâtisses en bois délabrées. Devant les bâtisses, une jetée s'avançait sur la rivière. Sur la jetée se tenait debout un homme blanc avec une épaisse moustache noire. Il portait des habits blancs et un casque colonial. Il aidait les indigènes à décharger une pirogue. Quand il vit le bateau, il fit un signe amical. Indy répondit d'un geste de la main. Il vit que Sloat était à côté de lui et que lui aussi agitait le bras.

— Quel est cet endroit? demanda Indy.

— Un hôpital, à ce qu'on dit, répondit Sloat. Tenu par un fichu Allemand. Mais je dois dire

111

qu'il a l'air d'être un mec sympa. Il me salue chaque fois que je passe.

Sans perdre un instant, Indy alla trouver le major Boucher. Il était allongé, enveloppé d'une couverture, à côté du lieutenant Arnaud, transpirant et frissonnant tous les deux. Leurs visages, qui autrefois étaient bronzés, étaient maintenant d'une pâleur morbide.

— Vous avez entendu, major? Un hôpital! C'est un miracle, dit Indy, enthousiaste.

Il se retourna pour crier à Sloat :

— Mettez le bateau à quai! Nous pourrons débarquer les cas les plus graves!

Immédiatement, Boucher cria avec une force qu'Indy ne soupçonnait pas :

— Ignorez cet ordre, Monsieur Sloat! Tenez votre cap! Je ne livrerai à l'ennemi aucun de mes hommes!

— Mais major! protesta Arnaud faiblement en essayant de se redresser. C'est un hôpital!

— Un hôpital allemand, lieutenant, répondit Boucher.

— Quelle différence est-ce que cela fait? demanda Indy.

— Ils pourraient vous torturer pour obtenir des informations, dit Boucher. L'un d'entre nous pourrait parler en délirant. S'ils apprennent quelque chose sur les armes, nous aurons les troupes qui nous tendront des embuscades tout le long de la rivière pour nous les prendre.

— Mais si nous ne nous arrêtons pas, d'autres hommes vont mourir, protesta Indy.

Il regarda autour de lui, en quête de solution. Il vit qu'Arnaud n'avait plus de forces. Le lieutenant était allongé sur le dos ; tout son corps tremblait. Le regard d'Indy se tourna vers Barthélemy, qui écoutait et les observait.

— Sergent, dis-lui, plaida Indy désespérément.

Mais Barthélemy ne dit rien.

— Je vous donne un ordre, dit Boucher. Je ne me laisserai pas défier à nouveau !

— Allez au diable, vous et les Allemands ! dit Indy en regardant l'hôpital qui disparaissait dans le sillage, en regardant la dernière chance de tant d'hommes qui s'évanouissait au loin. Vous m'avez entendu, Monsieur Sloat ! Cap sur la jetée !

Puis il entendit Barthélemy :

— Capitaine ! Le major Boucher a raison. Vous êtes...

Il s'arrêta, il regarda le major pour trouver le mot exact.

Boucher le lui fournit :

— ... irrationnel.

Indy aurait pu continuer à discuter. Il aurait pu dire que l'Allemand sur la rive était un docteur, pas un soldat. Il aurait pu dire qu'ils étaient en territoire français et qu'il n'y avait pas de troupes allemandes aux alentours. Il aurait pu dire beaucoup de choses, mais il savait que cela ne changerait rien.

Ce n'était pas que Boucher brûlât de fièvre. Ce n'était pas que Barthélemy se tordît de douleur. Même s'ils étaient tous les deux en pleine forme, ils auraient répondu de la même manière.

On ne pouvait pas faire confiance aux Allemands. Tous les Allemands étaient des ennemis.

Tous deux étaient embarqués dans la folie de cette guerre. Et dans cette folie, toute tentative de bon sens était…

… irrationnelle.

CHAPITRE 14

— Ce sont les seuls gagnants de cette guerre, dit Indy à Rémy. Ils étaient tous les deux accoudés au bastingage, regardant la tête hideuse des crocodiles émergeant de la rivière, leurs gigantesques mâchoires béantes.

Les crocodiles obtinrent ce qu'ils attendaient. Quatre cadavres aujourd'hui jetés à la rivière. Le dernier à tomber dans les eaux boueuses était le lieutenant Arnaud.

Depuis des jours, ces énormes crocodiles suivaient le bateau. Suivaient et festoyaient.

— Bouffez, espèces de grosses saloperies ! leur cria Sloat. Il en reste plein.

Indy regarda l'enveloppe qu'il avait à la main. Il

l'enverrait à la femme d'Arnaud dès son arrivée à Port-Gentil.

S'il atteignait Port-Gentil ! Il ne considérait plus ce bateau comme un navire-hôpital. C'était un corbillard flottant. Il se demanda quand ce serait son tour. Il abaissa son regard et rencontra les yeux des sauriens qui l'observaient avec gourmandise.

— Vous devrez attendre votre tour, marmonna Indy en se détournant.

Il alla voir le petit garçon, qui soignait toujours Barthélemy.

— C'est du bon travail, p'tit gars, dit Indy. Il s'accroche encore. Il s'en tirera. Nous nous en tirerons tous.

A ce moment-là, il entendit un cri. Les Askaris sur l'étrave riaient et lançaient des clameurs.

Le bateau franchissait une boucle de la rivière. Lentement apparaissaient les premiers bâtiments en bois d'une ville.

Indy se précipita vers le major Boucher, enveloppé dans une couverture sur le pont.

— Nous avons réussi, major ! dit-il. C'est Port-Gentil !

Boucher leva un regard vitreux. Il marmonna une réponse confuse :

— Bateau... le bateau... charges... faut amener les charges.

— Calmez-vous, major, dit Indy, apaisant. Nous avons réussi. Dès que vous serez remis sur pied, vous pourrez retenir contre moi toutes les charges que vous voulez.

Il palpa le front du major. Il était brûlant. La main de Boucher, cependant, était glacée quand il saisit le poignet d'Indy.

— Non... non... charges explosives... pouvons pas laisser les armes... tomber entre mains allemandes... vous commandez maintenant. C'est à vous de ramener les armes.

— Je ne vous laisserai pas tomber, major, dit Indy, réconfortant.

Le major se battait contre des Allemands imaginaires en Afrique française.

— Bien sûr que vous le ferez, chevrota le major. Vous êtes mou, indiscipliné, et incapable de commander.

Boucher essaya de rire. Mais avant d'y parvenir, il rendit son dernier souffle.

Indy regarda le major qui fixait, immobile, le soleil. Il n'avait plus à s'inquiéter des Allemands. Pour le major, la guerre était terminée. Pour Indy, cependant, le plus dur combat était encore à venir. Le combat pour sauver les vies qu'il pouvait.

Dès que le bateau accosta, il se dirigea vers l'officier français le plus proche. Un lieutenant Marcel.

— Je suis le commandant de cette mission, lui dit Indy. Je vous demande de transporter sans retard les malades et les blessés à l'hôpital.

Le Français haussa les épaules.

— Bien sûr, si vous pensez que cela peut leur faire du bien.

Ce n'est que des heures plus tard qu'Indy put se rendre à l'hôpital. Avant, lui et Rémy, en tant que seuls officiers belges survivants, avaient dû faire leur rapport au commandant français et négocier le transport des armes. Puis ils rassemblèrent les soldats askaris pour rendre visite aux camarades hospitalisés. Quand ils arrivèrent à l'hôpital, Indy vit ce que le lieutenant Marcel voulait dire. Il régnait une confusion désespérée. Les malades étaient allongés partout sur le sol des salles et des couloirs. Et même dans la salle d'attente. Tous souffraient. La plupart sans recevoir de soins du personnel débordé. Finalement, Indy trouva un docteur. L'homme n'avait pas l'air en meilleur état que ses patients.

Son visage portait un masque de fatigue et il n'était pas rasé de trois jours. Ses yeux étaient rouges à cause du manque de sommeil.

— Une épidémie de choléra, plus l'apparition de la peste, expliqua le docteur brièvement. Sans parler des blessés au combat dans la brousse et des révoltes indigènes.

Indy hocha la tête.

— Je sais.

Puis il demanda :

— Je veux voir un de mes hommes, le sergent Barthélemy. Où puis-je le trouver?

Le docteur dit :

— Comment est-ce que je saurais? Vous croyez que j'ai le temps d'apprendre leurs noms?

— Il y aurait un petit garçon avec lui, dit Indy.

Le visage du docteur s'éclaira.

— J'ai vu un petit garçon : un bel enfant. Au fond du couloir, la première salle de soins à droite.

Indy et les autres suivirent ces instructions. Dans la salle de soins, un médecin venait d'examiner le garçon.

— Tout va bien pour lui? demanda Rémy au docteur, tout en pressant l'épaule de l'enfant pour le rassurer.

— Rien qu'un bon repas ne puisse guérir. Maintenant, excusez-moi, nous sommes un peu occupés, dit l'homme en partant.

— Allons voir Barthélemy, dit Indy.

Il se tourna vers le petit garçon et lui demanda en oubangui :

— Où est le sergent Barthélemy ?

Souriant, le gamin prit Indy par la main et le conduisit, suivi des autres, vers une salle débordante de monde. Se frayant un passage entre les malades sur le sol, ils arrivèrent à un lit où Barthélemy était allongé.

Le garçon rejoignit le premier son grand ami, courant devant les autres. Il commença à parler en oubangui avec enthousiasme, le secouant par la manche pour obtenir son attention.

Mais Barthélemy ne prêtait pas attention à lui. Barthélemy ne bougeait pas.

Indy parvint jusqu'au lit de Barthélemy. Il le regarda en souriant et dit :

— Sergent, réveille-toi ! Tu as de la visite.

Puis son sourire disparut. Sa voix était inquiète.

— Barthélemy ?

Deux infirmières, des sœurs missionnaires, une Blanche et une Noire, s'approchèrent du lit.

La sœur blanche tira doucement le drap pour couvrir le visage de Barthélemy.

— Je suis désolée, dit-elle à Indy, qui restait immobile, pâle et bouleversé.

— S'il vous plaît, vous devez partir maintenant, dit la sœur noire en prenant doucement Indy par le coude.

Le petit garçon pleurait, son petit corps secoué de sanglots. Il accourut vers le lit et tenta d'arracher le drap qui couvrait Barthélemy. Indy le prit dans ses bras et essaya de le réconforter.

— Chh! Il est parti. Il est parti, chuchota Indy. Il parlait en français. Le petit garçon avait commencé à l'apprendre. Il progressait rapidement.

— C'était le père du garçon? demanda la sœur noire.

— C'était son ami, répondit Indy. Il n'a plus personne maintenant.

Avec un sursaut de forces, le garçon se dégagea. Il saisit le poignet de Barthélemy et le secoua.

— Mon ami! Mon ami! Ne pars pas! cria-t-il dans sa langue natale.

— C'est un enfant oubangui, dit la sœur noire.

— Vous parlez oubangui? dit Indy.

Elle fit un signe de tête affirmatif.

— Je ne parle pas très bien, dit Indy. Dites-lui qu'il ne doit jamais oublier ce que son ami lui a dit.

121

Il se tourna vers l'enfant.

— N'aie pas peur. Deviens fort et sage. Rends la fierté à ton peuple.

Puis il se tourna vers la sœur.

— Vous voulez bien le lui dire, ma sœur?

Doucement, elle traduisit.

Toujours, en pleurant, le petit garçon se blottit contre Indy.

— Pauvre petit! Est-ce qu'il a un nom? demanda la sœur blanche.

Indy hésita. Il regarda Rémy et les Askaris. Il lut leur réponse dans leurs yeux.

— Barthélemy, dit Indy. Il s'appelle Barthélemy.

La sœur noire prit l'enfant dans ses bras. Elle le berça en lui murmurant des mots doux dans sa langue.

— Peut-être pouvez-vous le laisser ici, dit la sœur blanche. Nous avons un orphelinat, avec une école. Je vous promets que nous le traiterons bien.

Indy regarda ses compagnons; ils approuvèrent. Le garçon avait cessé de pleurer. Il se tenait droit. Il essayait de ne pas avoir peur. Il essayait d'être courageux. Et il y parvenait.

Indy lui serra la main.

— Salut, p'tit gars! lui dit Indy.

Puis, un par un, ils vinrent tous lui serrer la main.

— Bien, soldats, formez les rangs, dit Indy.

Et les hommes mirent l'arme à l'épaule.

— En avant... Marche! ordonna-t-il.

C'était un des ordres qu'Indy eut le plus de mal à donner. En rangs serrés, ils s'éloignèrent du petit garçon sans se retourner.

— Je me demande ce qu'il va devenir, murmura Rémy à côté d'Indy. Nous ne le saurons sans doute jamais.

— C'est bizarre! J'ai l'impression que si, dit Indy en marchant en cadence. En fait, je suis sûr que l'on aura des nouvelles un jour.

Indy avait raison. Des années plus tard, le monde entier entendit parler de lui quand il devint le premier président de la République centrafricaine, l'homme qui conduisit son peuple à l'indépendance, qui composa son hymne national et dessina son drapeau. Le nom de Barthélemy Boganda était dans les journaux du monde entier. Et dans les livres d'histoire pour toujours.

En attendant, Indy devait ramener ses hommes

avec une cargaison d'armes à travers l'Afrique, sans le major Boucher pour les commander, ni le sergent Barthélemy pour les rassembler. Mais c'est une autre histoire.

POSTFACE HISTORIQUE

Les craintes d'Indy sur l'avenir de l'Afrique après la Première Guerre mondiale se révélèrent fondées. Les pays européens qui avaient des territoires en Afrique n'étaient pas disposés à les abandonner. Les colonies allemandes furent partagées entre les vainqueurs, la France et l'Angleterre. La Belgique s'accrocha à ses terres, riches en minerais.

Ce n'est qu'après la Seconde Guerre mondiale, à partir de 1945, qu'une par une les nations africaines conquirent leur indépendance. Certaines par la négociation, d'autres par les armes.

Aujourd'hui, la carte de l'Afrique est couverte des noms des nations qui n'existaient pas du temps des aventures africaines d'Indy. Parmi les plus grandes se trouve le Zaïre, autrefois Congo belge.

Impression réalisée sur CAMERON
par BRODARD ET TAUPIN
La Flèche
en janvier 1993
N° d'impression : 6374G-5